ズボンが引き下ろされ、彼の顔が俺の視界から消えてゆく。
「ひっ…っ」
濡れた感触が一番敏感な場所を包む。
腰が疼いて、心もとなくて、俺はまた彼を求めて手を伸ばした。

コーヒーに映る恋

火崎　勇

Illustration
街子マドカ

B-PRINCE文庫

※本作品の内容はすべてフィクションです。
実在の人物・団体・事件などには一切関係ありません。

CONTENTS

コーヒーに映る恋

「この間、階段でコケた時に入院したら、癌《がん》が見つかってね」

いきつけの喫茶店《きっさ》のマスターの告白に、俺は思わず飲んでいたコーヒーで咳《せ》き込んだ。

「大丈夫かい、高波《たかなみ》くん？」

「大丈夫はこっちのセリフですよ。今の、マジですか？」

「マジだよ」

マスターは笑った。

「まあ、癌って言ったって、良性で手術すれば治るんだけどね」

「何だ、脅かさないでくださいよ」

「うん、でも息子達が心配してね。手術したら体力も落ちるだろうし、店は畳むことにしたんだ」

「え…」

「来月一杯で、ここ閉めるから」

「そんな、もったいない」

「でも息子はサラリーマンだから、跡を継ぐ人もいないしね」

俺は店を見回した。

歴史を感じさせる飴色《あめいろ》の光を放つカウンター。その中には、マスターが趣味で集めた様々な種類のコーヒーカップが並び、揃《そろ》えられた各種コーヒー豆が入ったガラスの棚がある。

壁際を埋めるボックス席は、カウンターと同じく使い込まれた深い色を宿す木製のテーブルに凝った飾り背もたれのある椅子《いす》。

道に面した大きな窓。

店のあちこちに置かれた古い調度品。

昨今姿を消しつつある、昔ながらの喫茶店のたたずまい。

学生の頃から通っていたこの店が、俺は大好きだった。こんなに落ち着ける店は他にはないだろう。

その店が、なくなってしまう？

「マスター、本当に誰も後を継がないの？」

「ん？　ああ」

「それじゃ、俺が継いじゃダメ？」

「高波くんが？　でも君、いいとこに就職してまだ一年だろう？」

「はい」

「この就職難にもったいないこと言わないで、ちゃんと勤めた方がいいんじゃないか？」

「でも、どうしてもここを潰《つぶ》したくないんです」

マスターは俺の決意を聞いても、怪訝《けげん》そうな顔をした。

「うーん。でもねぇ、喫茶店ってそんなに先のある仕事じゃあないだろうし、食品衛生責任者の資格もいるし。コーヒーの淹《い》れ方もわかんないだろう？」

「資格、取ります。勉強もします」

「それに言いにくいけど、タダで譲《ゆず》ることはできないんだよ？」

「学生時代からバイトしてましたから、多少の蓄えはあります。残りは分割になっちゃうと思うけど…」

それでも、マスターは暫《しばら》く考え込んだ。

当然だろう。

頭の白くなったマスターにしてみれば、俺なんか子供にしか見えないに違いない。その子供が、突然思いつきのように店をやりたいと言い出したのだから。

「そうだねぇ…。それじゃ、こうしよう。君の決意が来月まで変わらなかったら、またその時に話し合おう」

「変わりません」

「まあまあ、今はまだいいから。この話はまた来月ね」

「わかりました」

でも俺は本気だった。

自分でも唐突だとは思うけれど、この思いつきは最高だと思った。

そして自分の選択は間違ってないと、確信していた。


本気と書いてマジと読む。

あれから三年。

俺は保健所へ行き食品衛生責任者の資格を取り、飲料メーカーのやってるコーヒーの学校へ行き、親に借金の申し入れをし、会社を辞め、見事喫茶店のマスターとなっていた。

店の内装も名前もそのままで、最初はおぼつかなかったコーヒーの淹れ方も今では立派に先代マスターの味。

これというのも、俺、高波尚人《なおと》がこの店を継ぐことに、商店街の常連さん達が賛同してくれたお陰だ。常連さん達は、まず俺が店を存続させることを、マスターに納得させてくれた。

ここはみんなの憩《いこ》いの場、なくなってしまったら困る。高波くんが不安なら、自分達が支えてあげるから、と。

そして俺が店を始めると、毎日のように通ってくれた。

売上に貢献するためもあるが、一番はコーヒーの味をチェックするためにだ。

濃い、薄い、苦い、甘い。豆のロースト具合や挽《ひ》き具合。通っていた学校の先生よりも厳しいチェックだった。

その甲斐《かい》あって、今ではお客様達に『美味《おい》しい』と言ってもらえる腕だ。

自分が客として通っていた頃と変わらない、静かな雰囲気。

俺を受け入れてくれた常連客と、親しく会話もできるようになった。

マスターも既《すで》に息子さん達と同居して悠々自適の隠居生活。

昔ながらの駅前商店街にある古い喫茶店は、俺の城。このまま地元に定着して大儲けはしなくても、細々とやっていけるだろうと自信を持ち始めていた。

その矢先のことだ。

悪いニュースが飛び込んで来たのは。

「あの布団屋の後、カフェができるらしいよ」

常連の一人、酒屋の堀内《ほりうち》さんの一言に驚いたのは、俺ではなく他の常連さん達だった。

「カフェ?」

「ああ。酒の納品のことで相談に来たんだよ。結構なイケメンだったぞ」

「イケメン？　若いのか」

「若かったねぇ」

「バイトじゃないのか？　そんなに若くて店やるなんて」

「新しい店が入ればここもまた賑やかになるんじゃないか？」

「そんなことよりカフェって何だよ、カフェって。高波くんのライバルじゃないか」

一同の目がカウンターの内側にいた俺に注がれる。

「大丈夫、俺達は『鳥籠《とりかご》』に通うからな」

『鳥籠』とはこの店の名前だ。ちなみに俺が付けたのではなく、先代の付けた名前をそのまま使用しているのだ。

「ありがとうございます」

俺は常連さんの言葉に、素直に頭を下げた。

だが、実は俺はもう既にその事実には気づいていた。

うちの斜め向かいで改装工事が始まってから、何ができるのかとずっと気にかけていたので、工事の様子から何となくわかっていたのだ。

だって、昨日には、大型のエスプレッソマシンが運び込まれていたし。

「まあ、向こうは向こう、こっちはこっちで頑張りますよ」

「そうだな。ここは昔っからの店だし、新参者とは関係ないな」

「そうですよ」

とは言うものの、気にはなっていた。

うちの店は昔ながらの喫茶店。テイクアウトはないし、お客さんは長居する人が多い。一人でやってるから、食事系も出せない。

相手の店がそういうところをカバーしてくると、なかなか厳しいだろう。

でも、お客様は馴染みということでこの店に愛着を持ってくれてるし、必要以上に不安を抱いても仕方がない。

「はい、坂井《さかい》さん、マンダリン」

うちはうち、他所《よそ》は他所だ。

…と、構えていられたのはその新しい店が開店するまでのことだった。

出来上がったカフェは、俺の予想を超える強豪店だったのだ。

『テラス』という名のその店は、今時のシャレた店だった。

店の広さは似たようなものだけれど、テーブルの配置が違う。

小さな丸いテーブルと背の高いイスは二人用。スペース的にはうちの店のテーブル席と大差ないように見えるが、二人席というのは大きな違いだ。

一人で来ても、うちの店では四人分の席を使われるが、向こうはそのスペースで二組の客を迎えることができる。

使い込まれた飴色の木材を主としたうちと違って、白とアイボリーを基調にし、木を多用した内装は、若い人にはウケるだろう。

ガラス張りで、店の全面を解放してるところも、店名の通りテラスっぽくっていい。

自分が客だったら、きっとふらりと入るのなら向こうに足を向けただろう。

この時はまだ、呑気《のんき》にそんなことを思っていた。

そして迎えたオープン当日。

道路にまで溢《あふ》れたお祝いの花、長蛇の列を作る客。けれど人が群がるのは想定済みだ。誰だって新しいものには目がないものだから。

一日ぐらい、うちの客足が減っても、すぐ元に戻ると思っていた。

けれど、翌日も、その翌日も、向こうの店には客が溢れ、うちの客はまばら。ちょっと心配になって、ちらりとその人だかりを窺《うかが》った。

客層は若い女性。

うちとは違う。

見知った顔もいないように思えた。

結構人気があるなぁとしか思っていなかったのだが、日が経つにつれて、危機感がじわじわと広がってきた。

「あそこのお店、いいわよね」

ふっと、耳に入った声。

「あそこ?」

店に出る前に立ち寄った駅前の本屋で、若い女性が会話を交《か》わしていた。

「ほら、できたばっかりのカフェよ」

「ああ。知ってるわ。この雑誌に載《の》ってたところでしょう? オーナーの松崎《まつざき》さんってラテアートで有名な人らしいわよ」

「あのイケメン?」

「そう。バリスタって言うんだって」

「よくわかんないけど、顔見るだけでも行きたくなるわよねぇ」

二人の言葉が気になり、彼女達が去った後、見ていた雑誌を手に取った。

女性向けの生活雑誌。

パラパラと捲《めく》ると、すぐに『松崎康《こう》』という名前の男の写真が出てきた。記事は、その松崎なる男がラテアートの学校の講師であることと、雑誌が出る頃には新しい店を開くことが書かれていた。

なるほど、これを見て遠方からも客が集まっていたわけか。

そしてこのままだと、口コミでも噂が広まって、客はさらに増えるだろう。

ここまできて、やっと俺は危機感を覚えた。日が経つにつれて。それがどんどん大きくなり、焦りも出る。

わざわざ遠くからも『テラス』目指して若い客が来ることで、商店街の人達も歓迎ムード。

初めは対決姿勢で俺を応援してくれていた常連さん達も、商店街の人。そうなるとだんだん何も言わなくなってくる。

ここは近くに専門学校があって、若い人が多かった。

全てがうちのお客さんにはならないけれど、大勢いるからこそ、その中からうちの店にも来店してくれる学生がいた。

だが、向こうができてからはみんな向こうに流れてしまい、殆《ほとん》どその姿を見かけなくなってしまった。みんな持っていかれてしまったのだ。

常連さんは残ってくれてるが、その殆どが近所の商店主で、年配のオジサンばかり。長居はするけどコーヒー一杯という人が多い。

回転の早い学生は大切だったのに。

客層が違うと構えていたのもどこへやら、だ。

このままでは常連以外はみんな向こうに持っていかれるかも知れない。

そんな状態が二週間以上続くと、もうこれは新しい店に興味があるというだけではなく、向こうにはそれなりの魅力があるのだと認めるしかなかった。

そして、その魅力がうちの店の脅威であることも。

思い悩んだ末、俺は学生時代の友人に連絡を取った。

リアリストで、はっきりものを言ってくれる大切な友人に。

「どうすればいいと思う？」

大学でも経済が得意で優秀だった友人の中村《なかむら》は、俺の説明を聞いて電話の向こうから一言アドバイスをくれた。

『敵情視察。まずはそこからだろう。戦う気なら、相手のいいところと悪いところを自分で確認しておくんだな』

お説ごもっとも。

敵を知りて己れを知れば百戦あやうからず、とかって言うもんな。

「一人で行くの嫌だから、一緒に来てくれよ」

『俺、会社あるのに？』

「土曜でいいから」

『仕方ないなぁ…』

かくして、何とか中村を口説き落とし、俺は敵陣に乗り込むことに決めた。


通りに面した壁はガラスの扉で、天気のいい日はそこが全面オープンとなって、客の出入りが自由になっている。

床は白木のフローリング。テーブルと椅子は白の円形、壁は白木とアイボリー。

店内のあちこちに女性の好きそうな小物が飾ってあり、明るい雰囲気だ。

「いい店じゃん」

他人ごとだと思って、中村はそう言った。

会社員なので、いつもはスーツ姿だが、今日はオフタイムということで、ピッタリとしたショートスーツ。黒縁の眼鏡《めがね》と合わせるとサラリーマンというよりイカサマなデザイナーみたいに見える。

いつものかっちりしたグレイスーツより、カフェに入りやすくはある。

「悪いところを見つけてくれよ」

「何言ってる。現状をしっかり把握しろって。偏《かたよ》ったものの見方をしてるとマイナスだぞ」

まずは中村が先に店に足を踏み入れる。

土曜の午前中。まだ開店したばかりの店内は、既に何組かの女性客で席が埋まっている。

いくら女性向きの店内だとしても、早いなと思っていたら、その理由はすぐにわかった。

街で耳にした噂《うわさ》通り、カウンターの内側にいる男達が皆イケメンなのだ。

「いらっしゃいませ」

と爽やかに声をかけてきた男も、背は高く、整った顔をしている。甘いマスクだけれど媚《こ》びる感じがなく、大人っぽい雰囲気がある。

大人に大人っぽいって言うのも変だけど。

彼が、雑誌に載っていた松崎だというのはすぐにわかった。ということは、この男がこの店のオーナーということか。

「何になさいますか?」

まだ顔は知られていないだろうが、後々競争相手だと知られると気まずいと思い、中村の陰に隠れる。

「オススメ何?」

こちらの意図を察してくれて、中村が口を開いた。

「うちはラテアートをやってるんで、カフェ・ラ・テがオススメですね」

「へえ。ラテアートって、コーヒーの上にミルクなんかで絵を描くヤツだろう?」

「そうです。スチームミルクとココアパウダーなんかも使いますよ」

「それじゃ、それにするわ。高波、お前もそれでいいな?」

名前を呼ぶなよ。

「…ああ」

「では少々お待ちください」

男はちらりと俺を見た。

偶然目と目が合うと、一瞬驚いた顔をし、にこっと笑った。

…嫌だな。まさか正体がバレたのかな。

「高波、隠れてないでちゃんと見てろよ」

「わかってるよ」

言われるまでもない。そのために来たんだから、ちゃんと観察はしてるさ。

カウンターでオーダーを取り、セルフで品物を受け取ってから席に着くところは大手のカフェチェーンと同じ仕組みだ。

ただ違うのは、以前見かけたエスプレッソマシンだな。

この規模のカフェにしてはかなり広い厨房の手前に置かれた巨大なマシンは、深いグリーンで、きっと輸入品だろう。客から見えるところに置いてあるのはパフォーマンスの一環のつもりか。

そのマシンが、大きな音を立て、エスプレッソとスチームミルクを作る。

俺達のオーダーを受けた背の高い男は、カップに屈み込むようにして作業をしていた。あの男が、ラテアートをするのか。

彼もそうだが、ここから三人見える店員は皆ハンサムだった。

今ラテアートをやってる男は、目鼻立ちのはっきりとした甘いマスク、今女性客に応対しているのは、顎《あご》にヒゲのあるちょっと悪ぶった感じ、奥で作業をしているのは、髪を短くしたスポーツ系。

「…何でもありだな」

女の子ならば、きっと彼等を鑑賞するためだけでも通うだろう。

俺だって、そんなに顔が悪いわけではない。

背は特に高いというわけではないが、明るい爽やか系だと思う。茶色っぽい目が可愛《かわい》いとか、顎が細いところがいいとか言われたことだってある。

ただ、彼等に比べると、ちょっと見劣りしないでもないが…。

「お待たせいたしました」

トレイに載せられたカップが二つ、差し出される。

「へえ、綺麗《きれい》だな」

受け取った中村が声を上げるので、俺も覗《のぞ》き込んだ。

カップには、ミルクでツリーが描かれ、そこにハートが飛んでいる。

「混んでない時なら、リクエストにもお応えしますよ」

また目が合って、上から目線で微笑《ほほえ》まれる。

これが女の子のハートを鷲摑《わしづか》みか。

悔しいけど、俺もこれだけ近くだと胸キュンしてしまった。

「二階もあるんだな。上行くか？」

「ああ」

中村にトレイを持たせ、階段から上へ上がる。

うちの店は二階なんてないから、こっちの方が面積は広いってことだな。営業面積が広くて、売ってしまえばセルフなのだからサービスする必要がないとくれば、人を雇うだけの金も稼《かせ》げるわけだ。

しかも二階は一階と全く違う雰囲気だった。

テーブルは大きく椅子はソファ。まるでリビングのようなくつろぎの空間。内装自体も落ち着いたブルーと濃い色調の木目。

「シャレてるし」

中村の忌憚《きたん》のない意見。

「いい店だな」

「…ん」

悔しいが頷《うなず》くしかない。

道を見下ろせる窓際の席に座って、カフェ・ラ・テに口を付ける。

「コーヒー、濃いよ」

と文句を付けてはみたが、中村に一蹴された。

「そりゃカプチーノベースだからだろ。俺は嫌いじゃないぞ」

「コーヒーはうちのが美味《うま》い」

「コーヒーは飲んでないじゃん」

「お前、どっちの味方だよ」

「味方とか何とかって問題じゃないだろ。冷静に考えろ」

「う…」

冷静に考えると、頭が痛い。

新装開店、流行のカフェ。

店は雰囲気があって、シャレてて、イマドキのラテアートや、さっきメニューを見たら、名前もファンシーな正体のわからないドリンクもあって、店員はイケメン…。

「負けた」

としか言えないじゃないか。

「まあ、客層も違うし、何より求められる雰囲気が違うんだから大丈夫だろ」

「本当にそう思うか？」

「気休め」

俺はテーブルの下で中村の足を蹴った。

「痛いな」

気心が知れているとはいえ、言われてムカつくものはムカつくのだ。

「どうしたらいいと思う？」

「どうもできないだろ」

「何だよ、その言い方」

「だってそうだろ？　お前はあの店の雰囲気が好きで譲って貰《もら》ったんだろ？　イケメンの店員を集める？　店を今風に改装する？　目新しいメニューを作る？　何をどうテコ入れしたって雰囲気壊すだけじゃないか」

…その通りだ。

「第一、金ないだろ」

それもその通り。

金がないどころか、借金持ちなのだから。

「せめて会社の女子社員でも誘ってきてくれよ」

「ヤだよ。俺、彼女いるんだから」

「じゃ、彼女連れて来いよ」

「わざわざ喫茶店に入るために？　お前こそ、昔の友達に声とかかければいいじゃないか」

「…だって、恥ずかしいじゃないか。売上悪いから店に来てくれ、なんて」

「しょうがないなぁ。じゃあ、俺が声をかけてやろうか？」

その言葉に、俺は身を乗り出した。

「頼める？」

「いいよ。ただし、みんなサラリーマンだろうから、土日にしか来られないと思うぞ」

「それでもいい。自分でも何か考えてみるから、頼む」

「ＯＫ。学生時代には色々世話にもなったしな。でもここはオゴリな」

中村はレシートを差し出した。

「売上悪いって言ってる人間にたかるかね」

「何言ってるんだ。お前の職業から考えて、喫茶店やカフェのレシートはリサーチってことで経費になるだろ？　入れる方も大切だけど、出す方も考えなくちゃ。経費を水増しして、税金を減らす。これ常識。だから頼むな」

釈然としないけれど、これから世話になるかも知れないことを考えると、黙って支払うしかなかった。

中村の友情を信頼して。


人件費節約のため、店は一人で切り盛りしていた。

客は時間に焦る者はいなかったので、多少時間がかかっても怒るような人はいなかったし、一人でどうにもならなくなるほどの客は来なかったので。

一番の売上は、ミートパイのセットだ。

先代のマスターの友人がやってるパン屋が特別に作ってくれるミートパイは、肉もたっぷり入ってて結構なボリュームがあり、学生に人気だった。

俺としても、パイをトースターで温めるだけで特別に調理が必要なわけではないからありがたかったし。

けれど、学生が来なければそのボリュームたっぷりのパイが出ない。

仕入れを減らすべきなのかも知れないが、特別に作っていただいているのに量を減らすと、向こうの売上にもかかわって来るので、簡単にはできないのだ。

「参った…」

昼前、開けたばかりの店には客が二人。

一人はコーヒー一杯で新聞を読む男性、もう一人は若い男だが、これもまたコーヒー一杯だけで文庫本を読み耽《ふけ》っている。

こういうゆったりとした雰囲気が好きなのだが、理想と現実のギャップとでもいおうか、それでは儲けに繋《つな》がらない。

中村は、二度ほど学生時代の友人を誘って来てくれたが、二度だけでは売上の足しというほどではない。

どうしようかと考えていると、カランと入り口のベルが鳴って、客が入ってきた。

「いらっしゃいませ」

反射的に口にしたが、戸口に立つ客を見て俺は一瞬緊張した。

彼だ。

黒いギャルソンエプロンを着けたまま白いシャツの上に黒い薄手のジャケットを羽織った、カフェのイケメン店長だ。

「うわ、昔ながらの喫茶店ってカンジ」

ちょっと小バカにしたようなそのセリフは、松崎という男が言った…のではなく、彼が連れているもう一人の男の口から出たものだった。

スーツ姿のもう一人の男は、辺りを少し見回してから、松崎と一緒にボックス席に腰を下ろした。

敵情視察？

だとしても自分もやったことなんだから、文句は言えない。

いや、ここはうちだってちゃんとした店だってところを見せるいいチャンスだ。

俺は水を入れたグラスを持ち、二人の座る席へ向かった。

「いらっしゃいませ。ご注文は何にしますか？」

にっこりと営業スマイル。

「ブレンド二つ」

メニューも見ないで男がオーダーする。

「で、いいよな、松崎」

「ああ」

松崎は腕を組んだまま頷いた。

お店で見た時とは違って、笑顔の片鱗《へんりん》もない。まあ当然か、いくら客商売でも、プライベートでまでヘラヘラしてる人はいないだろう。

「かしこまりました」

と答える俺に、松崎の視線が向く。

彼は一瞬、目を瞬《しばたた》かせた。

…気づかれたかな。

まさか、な。たった一度だけ、しかも中村の陰に隠れていた俺を、覚えているわけがない。

もし覚えていたとしたって、別にやましいことはないんだから。

カウンターへ戻り、ブレンドの豆を取り出し、コーヒーを淹れる。

「何だ、ドリップなんだ。カウンターのサイフォンは飾りか」

連れの男が言ったセリフが、ここまで届いた。

飾りじゃない。メニューを見ろ。

サイフォンコーヒーはサイフォンコーヒーって書いてあるだろう。

「どっちでもいいだろう。それで？　話って何だ？」

ああ、やっぱり店とプライベートって違うんだな。松崎の声は、俺を迎えてくれた時よりも低い。

「話ってほどでもないんだけど、今度、また学校の方に顔出してくれないかな？」

「俺は辞めた身だぞ」

「わかってるって。ただ、講師が足りなくてさ、一日でいいんだ」

聞き耳を立てなくても静かな店内、つい会話が聞こえてしまう。講師ってことは、あの雑誌に載ってたバリスタの学校のことかな？

「店があるから無理だよ」

「そう言うなって。頼むよ」

連れの男は拝むように手を合わせた。

「野々宮《ののみや》がバイクで事故って、どうしても手が足りないんだ」

「野々宮が？　ケガの様子は？」

「一週間の入院。左足骨折とかで、退院しても暫くは働けるかどうか。代役を探してはいるんだけど、すぐにってわけにはいかないだろ？　野々宮が戻って来たら辞めてもらわなきゃならないんだから」

困り事か…。

松崎は大きな手を顎に当て、暫く考え込んだ。

悔しいが、そうやって考え込んでる姿もちょっとカッコイイ。

「一回ぐらいなら都合をつけてもいいが、代役は無理だ」

「松崎」

「俺だって店を始めたばかりなんだ。オーナーが店を空けるわけにはいかん」

「そこを何とか。高島先生《たかしま》からも頼まれてるんだよ」

「…高島先生か」

会話に興味はあったけれど、素知らぬ顔でカップを持って、再び彼等の席に向かう。

「お待たせしました。ブレンドです」

輸入物の角砂糖とミルクのピッチャーを置き、カップをそれぞれの前に置く。

伝票は支払う人の方に向けて置くものだから、松崎の方へ向けた。

どちらかというと、態度の悪いもう一人の方に払わせたい気持ちがあったのだが、立場が上の人間が支払うものと考えると、松崎を上にしておきたかったからだ。

連れの男は、何となく気に入らなかったので。

「すぐには返事はできない。悪いが、夜にこっちから連絡する」

「じゃ。携帯の方に頼む。お前がダメなら他のヤツに頼まなきゃならないから、なるべく早めに頼むな」

どうもこの相手の男、気に入らないな。

人にものを頼む時の態度にしては、あまりいいものとは思えない。

人にものを頼む時には、もっと敬虔《けいけん》な態度で臨むべきだろう。自分だけが困るよと繰り返して、相手の状況を思いやってやらないなんていうのは失礼だ。

しかもこの男と来たら…。

「それにしても、松崎ももっといい場所に店開けばよかったのに。こんなせせこましい商店街なんかじゃなく、表参道《おもてさんどう》とかさ」

絶対好きになれないタイプだ。

せせこましい？　ここは十分に賑《にぎ》やかで、まだ近所付き合いも残ってるいい街だぞ。

「お前ならその腕があるだろ？　それとも、資金、足りなかったのか？」

ホント、失礼な男だ。

「何度か通って、ここが気に入ったから選んだんだ」

「へえ、そうなんだ」

こんな男と友人だっていうなら、松崎の人間性も知れるというものだ。

「ま、そうだよな。近くに競合店もないみたいだし。こんなショボイ店じゃライバルにもならないだろ？」

客商売は忍耐だ。

だが聞こえるように蔑《さげす》みの言葉を口にされると…。

「今時こんなコーヒーで五百円も取るなんて、ボロイ商売だよな。サギじゃん」

我慢の限界ってことだってある。

俺は思わずカウンターの中から出ると、そいつに向かって言い放った。

「いい加減にしてくんないかな。文句があるなら出てってくれ」

男は振り向き、俺を睨《にら》んだ。

「ハァ？　何言ってんの？　それが客に対する態度かよ」

「じゃあそれが店に対する態度なのか？　ショボイとかボロイ商売とかサギとか」

「何だ？　お前んとこじゃ客の会話に聞き耳立ててるのか？」

「聞こえるように言ってるんだろう」

「ヘッ、態度は悪いは、盗み聞きはするわ、ボッタクリだわ、とんでもない店だな」

こいつ、ホントムカつく。

「うるさい！」

だが、一喝するその一言を口にしたのは俺ではなかった。

「…松崎」

「今のはお前が悪い。ここのコーヒーの美味さがわからない程度の舌なら、もう一度学校でテイスティングの勉強をし直したらどうだ？」

「な…、何だよ。こんなコーヒー、そんなに美味いって言うほどのもんじゃないじゃん」

「豆の種類だけじゃなく、ローストでもブレンドして味に丸みを出してる。これをこの値段で提供できてることをまず口にするべきだろう」

「な…、何偉そうなこと言ってんだよ」

「出て行け。コーヒーが不味《まず》くなる。頼みごとについては夜に連絡してやる」

松崎に睨まれ、男はフンとそっぽを向いて出て行った。自分の代金も払わずに、だ。

残された松崎は、落ち着いた態度で俺の方を見た。

「すみませんでした。連れが失礼なことを言って」

軽く会釈《えしゃく》をされ、こちらも勢いが削《そ》がれる。

「え…。あ…、ああ。別に謝ってくれれば…」

「コーヒー、大変美味しいです。あのサイフォンでは淹れないんですか?」

「淹れますよ。メニューには載せてますので、サイフォンコーヒーをオーダーしていただければ」

「わざわざ分けてるんですか?」

「うちは本来はドリップ式なんですけど、お馴染みさんにサイフォン式にこだわってる方がいらっしゃるので」

「そのお客様のためだけに? すごいな」

「いや、まあ…。一人というわけでもありませんし」

松崎は俺の淹れたコーヒーを最後まで綺麗に飲み干した。

「大変美味しかったです。俺は斜め向かいで『テラス』というカフェを営《や》ってる松崎と申します」

言いながら、彼は羽織っていた上着のポケットから財布を出し、中から取り出した名刺を俺に差し出した。

もう知ってますとも言い難く、素直にそれを受け取る。

「ご近所になりますから、これからどうぞよろしく」

「あ…、こちらこそ。俺はここのマスターで高波と申します」

「マスター？　そんなに若いのに？」

「そっちもまだ若いでしょう？」

「俺はもう三十だよ」

「え？」

俺が驚くと、彼はクスリと笑った。

「あ、すみません。同じぐらいだと思ったので」

「君は？　幾つ？」

「二十六です」

「え？　二十六？　もっと下かと…」

ちょっとムッとした顔を向けると、彼はすぐに頭を下げた。

「ごめん、ごめん。いや、許してください」

「別に、謝るほどのことじゃないですよ」

素直に謝られると、こっちも強く出られない。

「この店はとても雰囲気がいい。落ち着いてて、静かで。俺もこういう店は好きなんだ。コーヒーも美味しいし、また来てもいいかな？」

ライバル店の店長。

あれだけ敵対視していた相手だというのに、俺はその申し出を拒めなかった。

「もちろん。何時でも歓迎いたします」

「じゃ、取り敢えず今日はこれで失礼するよ。代金は千円？」

「少々お待ちください、今レシートを」

「いや、いいよ。それじゃ、また」

彼はテーブルの上に千円札を置くと、にっこりと笑って去って行った。

……いいヤツじゃん。

絶対嫌なヤツだと決めてかかっていたけれど、自分の知人であっても無礼な態度は注意するし、この店に対する評価も悪くない。

自分のコーヒーを褒《ほ》められたからって言うわけじゃないけど……。

「いいヤツじゃん……」

ちょっと彼に対する認識を変えた方がいいのかも知れない。

俺は代金の千円を取り、カップを片付けた。

失礼な男の方はまだたっぷりとコーヒーが残っていたが、松崎のはちゃんと空っぽになっている。

彼の態度は、作られたものじゃなく、本当のものだろうか？　本当に俺のコーヒーが美味いと、この店が気に入ったと思ってくれたんだろうか？

一瞬、疑念が頭を過《よぎ》る。

だがそんなことはすぐにわかることだ。彼がもう一度この店に訪れれば。

「…ま、期待はしないでおこう」

今日の態度だけでも、そんなに悪いヤツじゃないと思えたから、それだけでもいいじゃないか。付き合うつもりもないのだから、これで満足しておこう、と…。

そう。

俺は別に松崎と友達付き合いなど期待していなかった。

だって俺達は商売敵《がたき》なのだから。戦う心構えはしても、仲良しになるなんて、考えてもいなかった。

けれど、彼はそう思っていないようだった。

翌日、松崎は昼休みを過ぎたぐらいの時間に、ふらりと店に現れた。

昨日と同じく、Tシャツに薄手のジャケットを羽織り、エプロンを着けたままの姿で。

「こんにちは」

親しげに挨拶《あいさつ》を投げかけ、カウンター席に座る。

「いらっしゃいませ」

有言実行に驚きつつ、俺も会釈する。

コーヒーを飲みに来たからには、彼もお客だ。

「今日はサイフォンのコーヒーを頼もうかな」

「豆は何にしますか？」

「モカのイタリアンローストで」

「かしこまりました」

イタリアンローストというのは、油が出るほどよく炒った豆のことで、苦味が強く出るコーヒーになる。

サイフォンは味に丸みが出るのだが、苦いのが好きなのかな。

次に彼はちらりと周囲を見回し、遠慮がちに訊《き》いてきた。

「ここ、喫煙ＯＫ？」

「え？　はい。小さい店なので一応許可はとってます」

そのための設備投資も、借金の一部だ。

「お吸いになるんですか？」

「一本だけね」

彼は苦笑してからタバコを取り出し一本咥《くわ》えた。

「飲食業だから、禁煙しなきゃいけないんだけど、どうにもね。高波くんは吸わないの？」

名前呼びか。

「ええ、俺は全然」

「そうか。でも喫煙にしてるんだね」

「古い馴染みの方に愛煙家の方が多いので」

「古いって…、まだ若いのに？　ああ、お父さんか誰かがやってた店なのか」

「いえ、ここを続けたくて先代のマスターに譲っていただいたんです」

「へえ。でもこれからも続けてもらいたいな。今、タバコが吸える店は貴重だから」

「みなさんそうおっしゃいます」

何を訊かれても、リサーチなのかな、と警戒してしまう。

「松崎さんは、学校の先生だったんでしょう？」

「よく知ってるね。ああこの間の会話で…」

「違います」

盗み聞きしていたと思われたくないから、俺は即座に否定した。

「雑誌に載ってたと人から聞いたんです」

実際は盗み聞きというか、立ち話を耳に挟んだのだけれど。

「雑誌？　ああ『ノエル』かな？」

「有名な方なんですよね」

あ、今のは嫌みっぽかったかな？

「いや、あれは編集者が知り合いでね。当初予定してたインタビューの相手にキャンセルくらって困ってるって言うから。穴埋め記事だよ」

「そんなご謙遜《けんそん》を」

だって、俺はちゃんとそれを見たんだ。

大きな写真付きで、プロフィールも紹介されていた。

「何だったら、今度ここも取材するように言ってみようか？」

ぜひ、と言いたかったが、敵に塩を送られるみたいで気が引ける。

「それとも、静かな雰囲気を大切にしたいかな？」

俺が答えないでいると、彼はそう言って笑った。

「流行《はや》ってないとか言わないんですか？　昨日のお友達みたいに」

口にしてしまってから、今度はちょっとひがみっぽかったかな、と思ったけれど、彼は気にしていないようだった。

「昨日のは友人じゃないよ。昔の同僚ではあるが。口ばっかり達者でね、まともなコーヒーも淹れられない。あいつが淹れるコーヒーよりここのコーヒーの方が美味い」

「お世辞でも嬉《うれ》しいです。ありがとうございます」

本当にそう思ったから言ったのだが、彼は急に真面目《まじめ》な顔になった。

「俺はコーヒーを淹れるのが仕事だから、世辞は言わない」

「…すみません」

「謝られるほどのことじゃない。きっと、豆の蒸らしが上手《うま》いんだな」

その顔に再び笑みが戻る。

この人、仕事に真剣なんだ。昨日の言葉と態度も、決して芝居ではなかったのだろう。

そういう人は嫌いじゃない。

「高波くんは、前の人からここを譲ってもらったって言ってたけど、どうして喫茶店をやろうと思ったの？」

「俺ですか？　松崎さんと一緒ですよ。この雰囲気が好きで。先代のマスターが辞めるって聞いた時、もったいないと思って頭下げて譲ってもらったんです」

「大変だったろう？」

不覚にも、その一言が胸に染みる。

「それなりに。でも好きで始めたことですから。松崎さんはどうしてお店を？」

「俺はこれしか能がないからね。それに、カフェは生活に必要ないだろう？」

「え？」

「ただ生活してるだけなら、喫茶店にしろカフェにしろ、あまり必要ってものじゃない。だからこそ、人が休息を得る場所が作りたかったんだ。潤いっていうのかな」

「あ、それわかります」

「本当に？」

「必要じゃないからこそ、ゆとりみたいなものを与えてるって実感が湧《わ》くんですよね」

「そうそう」

彼が、儲かるからとか、おシャレだからという理由ではなく、自分と同じことを考えていたというだけで、親近感を覚えてしまう。

「近所の同業者が同じ考えだと嬉しいもんだね」

同業者…。

そうか、ライバルじゃなくて同業者か。

「一人でやるのは大変だろう？」

「いえ、そんなに忙しくないですし」

「食べ物を扱うことも、人の相手をすることも、大変なことだ。忙しくても、忙しくなくてもね。特に荷物を分け合うことができないのは大変だと思うよ。それを『そんなことない』と言えるなら、高波くんはしっかりしてるんだな」

そんなふうに言われると照れるな。

「上から目線だったか？」

「あ、いえ。そんなことは」

「学校なんかにいたもんだから、つい教師みたいな口をきいて。気を付けるよ」

「大丈夫ですよ。…すみません、ちょっと失礼します」

ここで新しいお客さんが入って来たので、俺は彼の前から離れた。

「いらっしゃいませ」

カフェを意識してからずっと張っていた気持ちが、今解《ほど》けた気がする。

ここを始めてから、協力者はあったけれど、一人で抱える問題も多かった。

別に松崎に何かを相談しようと思ったわけじゃない。ただ近くに、同じ想いを、そして多分同じ悩みを抱いている人がいると想うだけで、気持ちが軽くなった。

状況が彼を悪い人みたいに思わせていたけれど、一人の人間と思ったら、彼はいい人だと、改めて思った。

その後、何人かの客がポツポツとやってきたので、再び会話をすることはなく彼はコーヒーを飲み終えて帰って行ったが、代金を払う時に「ごちそうさま」と言ってくれたのも何だか胸が温かくなった。

ああ、ちゃんと味わってくれたんだな、と思って。

とは言うものの、商売は別物だ。

相手がどんなにいい人であろうと、こっちはこっちで商売が成り立つようにしなければならないのだ。

危機感を覚えてからこっち、色々と考えてはいるのだけれど、これと言っていいアイデアもないままだった。

松崎の店に、ドリンクで勝とうと考えるのは無謀《むぼう》だろう。

松崎本人にはコーヒーが美味いと褒めてもらったが、学校の先生までやった人と、輸入物のマシン相手では、勝てる気がしない。

かと言って、ジュース等のコーヒー以外のドリンクにしても同じだ。

うちで出してるものは、向こうの店にもあるものが殆ど。

この間見た限りでは、クリームソーダがないみたいだったけど。

あとは、先代のマスターが考案したミルクソーダか。けれど、牛乳を炭酸で割ったその飲み物がオーダーされることは、今のところ殆どない。

料理を充実させることも考えた。

でも、主力のミートパイは他所で作られたものを温めるだけだからいいが、店で何か作るとなると、食材の保管や、在庫ロスを考えねばならず、油などの汚れが出るから掃除も大変。

何より、俺一人でそこまでできるかどうか。

新しい客のためにコーヒーを淹れながらも、俺は頭の中ではずっとそんなことばかりを考えていた。

店を何とかしなくちゃ。

頑張らなくちゃ、と…。

松崎は、いや、年上だし、もう『いい人』だとわかったから松崎『さん』と呼ぶべきか。

松崎さんは、毎日うちにやってきた。

昼休みの後や、夕方のピーク時の後と、時間は大体そのどちらかで、店の混雑する時間が終わると、ここに一服をしに来るようだ。

コーヒーを飲みながら、ゆっくりと一本を楽しんでゆく。

時には、本を読んでいることもあった。

何を読んでいるのかと思ったら、カフェに関する本だった。

アレンジコーヒーのレシピ、店のレイアウトや食器のカタログ。時には洋書を原文で読んでいることもあった。

「読むなら貸すよ？」

俺が覗くと、そう言って数冊の本を貸してくれた。

勉強家なのだ、彼は。しかも博愛というか、優しいというか。

雑誌になんか載って、チャラチャラしてる人かと思っていたけれど、それは偏見《へんけん》だった。

自分の仕事が好きで、その仕事に誇りを持っていて、今も精進している。

男として、同じ仕事をする者として、憧《あこが》れさえ感じた。

…ルックスもよかったし。

カウンターで目の前に座られると、それを思い知らされた。

俯いて、本に目を落としてる時とか、タバコを吸って遠くを見ている時とか、ファッション雑誌のワンポーズみたいに決まっている。

あの、耳の下から顎にかけてのラインが、骨張ってて、男っぽくっていいんだよな。俺なんか卵型でシャープさも何もないから。

通われてるうちに、だんだんと言葉を交わす回数も増えた。

「ＢＧＭ、有線？」

「いえ、ＣＤです。先代はレコードだったんですけど」

「レコードは場所取るからな」

「リクエスト、ありますか？」

「いや、クラシックは得手じゃないんでね。コマーシャルに使われてるようなのしか知らないんだ」

「意外ですね」

「そうかい？　まあ、おいおい勉強するよ。リクエストできるくらいに」

勉強か…。

俺は、先代のマスターという先生がいる。

前にやっていたことと同じことをなぞるだけ。

けれど、彼が一人で全てを考え、全てを実行しているというのも、憧れの対象だった。

男として、カッコイイなぁと素直に思う。

だから、彼を敵対視するのは止めた。何とか自分の力で、自分の店を盛り立てる努力をしようと決めた。

その最初が、特製のスイーツだった。

中村の彼女が料理教室に通っていたということでアイデアをくれたのだ。

「チャイのムースだって。これなら油も出ないし、出来上がりのものも冷蔵庫で日もちするから、ロスが減らせるだろ？」

持つべきものは友達だ。

「普通に作ったチャイにグラニュー糖の半量とゼラチンを入れる。残りのグラニュー糖の半分は生クリームに混ぜて泡立てる。でその泡立てた生クリームをチャイに混ぜてバットで冷やし固める。固まったら、スプーンですくって器に盛り付けて、砂糖抜きの生クリームを一筋と、チャイに入れたスパイスを炒って、ミキサーで細かくして上からちょっと振りかけて完成だ。レシピはこれな」

作り方は簡単だった。

これなら確かに俺でも作れそうだし、チャイというのが女性受けがよさそうだ。

だが問題はその女性客に、どうやって店に入ってもらうかだ。店の前に看板の一つも立てるべきか？

だがそれも、中村が動いてくれた。

「オクさんに連絡取ったら、すぐに来てくれるってさ」

その一言に、俺は驚きの声を上げた。

「え？　マジ？　だってあいつモデルの仕事忙しいんだろ？」

「高波のピンチだって言ったら、どうしてもっと早く連絡くれなかったんだって。高波木人から言って欲しかったって文句言ってたよ」

オクさん、と言うのは大学時代の友人の一人だった。

本名は奥井裕一《おくいゆういち》。

一浪して入学した彼は、俺達より一つ年上だから、みんなは『オクさん』と呼んでいた。

そんな中、俺だけは『奥井』と呼び捨てにしている。

理由は簡単。

奥井がちょっと足りないヤツだったからだ。

母親がスウェーデン人だという彼は、背も高く、日本人離れした顔立ちの男だった。颯爽《さっそう》として、男の俺から見ても物凄《ものすご》くカッコよかった。

大学在学中から『ハヤト』という名でモデルの仕事をし、海外ブランドの看板も務め、今ではテレビにも出るぐらいの有名人となっている。

けど、頭の方はちょっとゆっくりしていた。

なので、一年の時に偶然隣に座ったその日から、俺が彼の勉強を見てやっていたのだ。

レポートの手伝いに代返。講義のわからないところがあると、詳しく説明してもやったし、ノートも貸した。

本人に、卒業できたのは高波のお陰と言わしめるほど、尽力してやった。

けれど、彼があまりに有名になり過ぎたので、つい疎遠《そえん》になっていたのだ。

「オクさんなら、人脈もあるだろうし、少し相談してみたら？　打開策になるかもよ」

けれど卒業してからもう四年以上経っている。

その間一度も会わなかったわけではない。俺がここを始めた時も、花を贈ってくれたりもした。ここにも来た。

けれど、もう彼の中では『昔の知人』になっているのではないだろうか？　芸能人って人間関係の新陳代謝が早そうだし。

「楽しみに待ってるって言っといて」

期待はしないようにしようと。

商売を始めてから、人のシビアな面も見て来たから。後でガッカリしなくて済むように、来てくれるだけでありがたいという気持ちでいようと。


けれど、奥井は変わっていなかった。

中村からの連絡があった翌日。

店を開けて最初の客が彼だった。

「高波！」

相変わらず、いや、以前よりもっとあか抜けてカッコよくなった男が、まるで子供のようにカウンターの中にいる俺に向かって駆け込んで来る。

激突するようにカウンターにかじりつくと、泣きそうな顔で俺の手を取りぎゅっと握り締める。

「水臭いよ。どうしてもっと早く言ってくんなかったんだよ」

黙ってれば憧れるほど綺麗な顔なのに、こうなると弟みたいにしか思えない。

「落ち着けって、まず座れよ」

「でも…」

「モデルのハヤトがそんな情けない顔していいのか？　イメージ崩れるぞ」

「う…」

叱られた子供みたいに口をへの字にして、やっと椅子に腰掛ける。

「座った」

これでも俺より一つは年上なのだ。

でもそこが憎めないのだけれど。

「連絡しないでゴメンな。でも、お前も仕事が忙しいだろうと思うと、連絡取りにくくて」

「いつ連絡してくれたっていいのに」

「それを言うなら、店をやるってことはちゃんと連絡したし、開店した時は来てくれてたんだから、もっと頻繁《ひんぱん》に来てくれればよかったのに」

「…ごめん」

「謝んなくたっていいよ。お互い様ってことさ。それに、相手が無事だと思ってると、つい疎遠になるのは当然かも知れないしな。…もういいから手を放せ」

まだ俺の手を握っていた彼が、ようやく手を放す。

こんな状態で、モデルなんかやってられるのかなとも思うけれど、そこは頭を切り替えて上手くやってるらしいから不思議だ。

「で、高波のピンチって何？」

「…実は、斜め前に競合店が出来て、売上が落ちてる」

友達だから、俺は隠すことなく正直に実情を口にした。

「シャレたカフェでさ、若い客がみんなそっちに流れちゃうんだ」

「酷《ひど》い、憎ったらしいな。開店する前に、ここに喫茶店があることはわかってたはずなのに。ワザと当てて来たんじゃないの？」

「そういうこと言うな。…悪い人じゃないんだから」

ついこの前まで同じ考えをしていたのに、俺は松崎さんを庇《かば》ってしまった。だって、本当に悪い人じゃないし…。

「そっか。悪い人じゃないならいいな」

この単純なところも、奥井のいいところだろう。

「それより、奥井、何か飲むだろう？　何がいい？」

「一番高いの」

「いいよ、そんな事気にしないで。好きなもの頼めよ」

「…じゃ、コーヒー」

「ＯＫ」

来てくれただけでも嬉しい。

心配してくれただけでも嬉しい。

彼が自分をまだ友達だと思っていてくれただけでも、ほっとした。

奥井が有名になったからってすぐに態度を変えると思っていたわけじゃないけれど、やっぱり生活の基盤が変わってしまうと、過ぎた時間は『昔のこと』として片付けられるんじゃないかと思っていたから。

事実、ここを始めた時、学生時代の友人にも挨拶状は出したのだが、大抵の連中は一度顔を出しただけで、中には返事のないヤツもいた。

みんな会社に勤めてしまったから当然なのかも知れないが、自分の活動範囲外の喫茶店に、わざわざ足を伸ばしてまで来ようとは思わないのだろう。

特別変わった店というのならまだしも、『どこにでもあるような』を意識しているようなこの店では。

「何か、こうして高波とゆっくり話すの、久しぶりだよね」

「そうだな」

「昔は本当に色々お世話になって」

「もうその話はいいよ」

「でも本当さ。仕事の連中はそんなに優しくないからね」

「…苦労してんのか？」

「それなりに」

そう言って笑う顔は、男前だった。

「でも優しい人もいるけどね」

「ならいいけど…。俺はさ、モデルの仕事のことなんかこれっぽっちもわかんないから、何かあったら相談に乗るよ？」

「わかんないのに？」

「わかんないから、しがらみがないいんじゃん。業界に知り合いもいないから、漏《も》れることもないし、安心だろ？」

「それはそうだね」

「はい、コーヒー」

俺が彼にコーヒーを差し出した時、入口が開いて客が入って来た。

と、同時に「きゃ」と小さな悲鳴が上がる。

何かあったのかと視線を向けると、そこには学生らしい女の子が二人立っていた。

「ほら、やっぱりそうよ…」

という囁《ささや》き声が聞こえて、俺は最初の悲鳴の意味を理解した。

彼女達は奥井を知っているのだ。そして窓から彼を見かけて入って来たのだろう。

「いらっしゃいませ」

テーブル席に座った彼女達に、水を持ってオーダーを取りに行く。

「何になさいますか?」

「えっと…。コーヒー」

「私はアイスミルクティー」

「かしこまりました」

オーダーを取って離れる時、再び囁き交わしている彼女達の声が耳に届いた。

「本物よ」

「えー…、サインとかダメかなぁ」

俺はカウンターに戻って来ると、すぐに奥井にそのことを伝えた。

「お前のファンみたいだぞ」

「へえ。あ、じゃあ悪いけど、ハヤトって呼んで」

「仕事用?」

「そう。呼び方で友達の付き合いを分けてるんだ。だから、本名を普通の人に知られたくなくて。隠してるってほどじゃないんだけどね」

「いいよ。じゃ、他人がいる時は『ハヤト』って呼ぶ」

奥井は頷くと、コーヒーのカップに口を付けた。

女性客はまだチラチラとこちらを見ているので、俺は声をひそめて奥井に話しかけた。

「で、さっきの話だけど、何かいい案ないかな？」

「お店繁盛させるの？」

「うん」

「お店改築するとか？」

「それはナシ。ここの雰囲気が気に入って始めたんだから、雰囲気を壊すようなことは一切しないから」

「メニュー増やす？」

「それも考えた。中村の彼女がデザート考えてくれたんで、それは取り入れたけど、一人でやってる以上限界があるし…」

「人は増やせないの？」

「今、売上カツカツなのに無理だよ。売上が改善したら考えてもいいけど」

「んー…」

話している間に、またドアが開いて新しい客が入って来た。

「いらっしゃいませ」

と、俺が声をかけたのに、入って来た客は俺よりも先に、座っていた女性客に駆け寄った。

友達？

待ち合わせか？

「やだ、本当じゃない」

「シッ、静かに」

新しく入ってきた女性客は、同じテーブルに強引に座った。

先に座っていた女の子達のテーブルの上には、携帯電話が置いてある。

なるほど、きっと彼女達のどちらかが、モデルの『ハヤト』がここにいると、友人にメールしたのだ。

「あ、カフェ・オ・レのホットで」

「かしこまりました」

カウンターに戻り、「ちょっと待ってて」と奥井に言い置いてカフェ・オ・レを作る。

うちのカフェ・オ・レは、客の目の前でコーヒーとミルクを合わせるタイプなのだ。コーヒーと温めたミルクのポットを持って彼女達のテーブルに向かうと、それを知らなかったのだろう、彼女達の視線が奥井からこちらに移った。

「失礼します。コーヒーがかかるかも知れませんので、心配でしたらおしぼりで服をカバーなさってください」

「え、ここで混ぜるの?」

「面白そう」

実は、これが上手くできることがちょっと自慢なのだが、年配の常連はあまり頼まないので披露する機会が少なかったのだ。

右手にコーヒー、左手にミルクの握り手のついたポットを持ち、カップに注ぎ、両手をゆっくりと上げてゆく。

こうすれば狙いを外すことはなく、いいパフォーマンスなのだ。

「すごーい」

もちろん、これは落下によるコーヒーとミルクの混ざりあいと、泡立ちという理由はある。

けれど女性たちにはウケた。

そしてもう一人、カウンターでこっちを見ていた奥井にも。

「すごいね。俺もそれにすればよかった」

憧れのモデルからの声に、彼女達が恥じらうように微笑みを向ける。

「面白いですよ」

おずおずと一人が返事をすると、奥井は大きく頷いた。

「そうだね。友達にも教えてあげたら？　ここのカフェ・オ・レ面白いって」

ありがとう、奥井。

その一言は彼女達には効果絶大だ。彼女達は声を揃えて「はい」と返事をした。

俺がパフォーマンスを終えてカウンターの中に戻ると、奥井はリップサービスではなく本気で今のが気に入ったらしく、カフェ・オ・レをオーダーする。

「俺も今の」

「カウンターは高いから淹れにくいんだよ」

「えー…」

「やらないとは言ってないだろ。でも彼女達の席ほど高いところからはできないぞって言ってるだけ」

「高波、背が低いもんな」

「…普通だ。お前が高すぎるんだよ」

モデルと一般人を比べるな。それでなくとも、松崎さんの背の高さにもちょっとコンプレッ

クスを感じていたのに。

「そうだ。いいこと考えた」

彼の注文に応えて新しくコーヒーを淹れていると、奥井が突然声を上げた。

「何？」

「俺、ここに通うよ」

「え？」

「取り敢えず、若い娘が来るんなら、少しは客寄せになりそうじゃん」

その申し出は、正直ありがたかった。

たった今、彼の効力を目の当たりにした身としては。

「でも、大丈夫なのか？　人に見られてゆっくりできないぞ？」

「平気だよ。カウンターの隅《すみ》に座るし、声かけられたら『プライベートだからごめんね』って言えばいいだけだもん」

こいつ、今までもそう言って逃げてきたんだな。

「それとも、味と関係ない集客じゃ嫌？」

俺はこの店の静かな雰囲気は大切にしたい。

奥井をエサにして客を集めるとなれば、来るのは若い女性がメインだろう。最近は男性も男性に憧れることが多いようだが、やっぱり若い人に違いはない。

そして若い人というのは大抵騒がしいものだ。

その時代を過ぎて間もない自分が思うのだから。

けれどもう背に腹は変えられなかった。

「頼む」

俺は女の子達に見られないように、片方の手を上げて懇願《こんがん》の意を示した。

「ぜひ、通ってください」

奥井はにっこり笑うと、「よかった」と漏らした。

「これでやっと、俺は高波に恩返しができる。今まで何にもしてあげられなくて気に病んでたんだ」

「気に病むほどのことなんかしてないだろ？」

「そう言っちゃう男前なところが、恩返しさせてくれない理由だよね。俺なんか、もう高波のことお兄ちゃんみたいに思ってるもん」

「…俺はお前より一つ下だぞ」

「実年齢は関係ないよ。高波の中身は、絶対俺より年上だね。高波って、外見は可愛いのに突然攻撃力が上がるから、齧歯類《げっしるい》みたい」

「何だよ、齧歯類って」

「ハムスターって可愛いけど、一噛みが怖いじゃん。でもやっぱりお兄ちゃんっぽいんだよね」

まあ確かに、言いたくはないが、いつまでもふわふわしたところがある奥井よりは俺のが老成しているかも知れない。

「ただし、一つだけ忠告しておくね。俺と友達だって言わない方がいいって」

「どうして？」

「女の子達は貪欲だからね。昔の話を教えろだの、伝言頼むだの、面倒なことになるから。それで嫌な思いした人もいたんだ。高波にはそういう思いさせたくないんだ。ただ好きで通ってるだけだって言った方がいいよ」

言いながら、彼は携帯電話を取り出し、店内の写真を撮った。

「何？」

「場所は明確に書かないけど、ここが一人で静かにいられるお気に入りの場所だって、写真付けてネットで呟《つぶや》くよ。店に一度でも来たことがある人なら、気づくだろ？」

「…お前、頭回るようになったな」

「社会人ですから」

だが、俺は奥井の、モデルの『ハヤト』の人気を過小評価していた。女の子のパワーを甘く見ていた。

まさか、彼のその好意が、この店を一変させるようなことがあるなんて、全然想像もしていなかった。


『鳥籠』の営業時間は朝の九時から夜の八時までと先代から決まっていた。

純喫茶なので、酒を置いていないから、夜遅くまでやる必要がないのだ。もちろん、常連が長居をしたいといえば臨機応変《りんきおうへん》に長く開けることはある。

けれど近くにカフェバーはあるし、駅前には焼き鳥屋があるので、夜にはそちらに客が流れてしまうのだ。

朝は出勤前の会社員が入って来ることはなく、モーニングをやっても駅前のファストフード店に客が取られる。

なので朝の客は、近くの専門学校の生徒が課題を纏《まと》めるために立ち寄るというのがメインだった。

客の流れはその波が過ぎれば一旦切れ、次の波は食事を他所で摂《と》った人々が食後の一服に訪れる午後の一時近く。それが過ぎるとポツリポツリと時間を過ごす人々。

最後の波は会社や学校から帰宅する人々が一息入れる夕方遅く。

なので、平日の午前中というのは、いつもならば波の間で閑散《かんさん》としている時間帯だった。

「こんにちは」

いつものようにやって来た松崎さんは、入って来るなり一瞬怯《ひる》んだ顔をし、辺りを見回してからゆっくりとカウンターに座った。

「今日は若い人が多いね」

「ええ…」

「何かここんとこ来る度に若いお客様が増えてる気がするんだけど」

「みたいですね。でも、松崎さんの店ほどじゃないですよ。コーヒーですか?」

「ああ、今日はモカで。みんな高波くん目当て?」

「まさか。違いますよ」

この時間だというのにテーブル席は女性客が占めていた。そう広くもない店だ、満席と言ってもいいだろう。

その彼女達が、店の扉が開く度に一斉に視線を向ける。

松崎さんが一瞬怯んだのは、その視線を浴びてしまったからだ。

もちろん、彼女達の目当ては松崎さん…、ではなく奥井だった。

店に顔を出して、と頼んだ翌日から、奥井は律義《りちぎ》にも毎日のように店に来てくれた。

ただ来て、カウンターの隅でコーヒー一杯飲んで行くだけだ。特に周囲の客に愛想をふりまくわけでもない。

なのに、すぐにポツポツと客が集まるようになった。

どうやら近くの学校だけでなく、遠くから足を運ぶ者もいるらしく、「ここだわ」と喜びの声を上げる者もいる。

モデルの『ハヤト』がここにいる。

それが口コミで広がった証拠だった。

心配していた混乱も起きることはなく、ハヤトが現れても女性達は大声を上げたり、ハヤトに近づいて声をかけたりする様子もない。

ただ遠巻きに、彼の姿を見ているだけだ。

もちろん、ハヤトが来る時間が決まっているわけではない。

毎日のように来ているとは言っても、必ず来るわけでもなく、時には来られない日もある。

それでも彼女達は偶然を信じて来るのだ。もしかしたらそうすることでずっと店に客が来るようにとあいつが考えてくれたのかも。

しかも、奥井は、いや、ハヤトはどこかで中村の彼女が考案したデザートと、カフェ・オ・レのパフォーマンスについて語ったらしく、客の殆どがそれを注文した。

客単価としては悪くないのでありがたいが、お陰で俺はカウンターの中と外を行ったり来たりだ。

せっかく松崎さんが来たというのに、話をする時間もない。

松崎さんとも打ち解けて、会話したいと思うようになったというのに。

今日も、コーヒーを出した後、俺は出入りを繰り返していた。

「あ」

「来たわ」

そこに女性達の声が響き、ハヤトの来訪を教えてくれた。

「いらっしゃいませ」

振り向くと、そこにはファッション雑誌から抜け出たようなハヤトの姿。

「こんにちは。また来ました」

「どうぞ」

約束通り、友人であることを伏せて彼を定位置に案内する。

ハヤトの心配が当たり、来店する女性達は最初俺に声をかけてきた。

ここにハヤトが来るって本当ですか？　ハヤトは何を頼むんですか？　その程度ならばまだいい。だが一部の人間は、親戚なのか、何時から来てるのか、彼の本名を知ってるか、家が近いのかとプライベートなことも口にした。

一度だけだが、電話番号を俺に渡して、ハヤトに渡してくださいと頼んだ女の子もいた。

もちろん、丁重にお断りしたが。

常連さん達の棲《す》み分けについても、彼と話し合い、夕方以後は来ないことに決めていた。夕方は年配客が来るので。

いくら新しい客が来ても、常連が離れてゆくのでは話にならない。

そんなわけで、ハヤトのお陰で店はまたゆっくりと盛り返していた。

「高波…さん、またカフェ・オ・レ」

カウンターに松崎さんが座っているから、ハヤトが『さん』付けで注文する。俺が奥井をハヤトと呼ぶのに慣れていないように、彼もまた俺を『さん』付けにすることには慣れていないようだった。

「はい、かしこまりました」

松崎さんはカウンターの中央に、二つ置いた一番端に、ハヤトが座る。

何か、いい男の品評会みたいで、負けてる気がする。

「あとチャイのムースも」

「すみません、まだ固まってなくて…」

「じゃミートパイ。テイクアウトはできるの？」

「はい」

「じゃ五つ。この間友達に話したら食べたいって言われて」

「では帰る時にお渡しします」

ハヤトはカメラの前で演技することに慣れているのだろう。テレビのドラマにも、まだゲスト枠だけれど何度か出ているし。でも、俺は女の子達の視線を受けて居心地が悪い。

「高波くん」

「あ、はい。何でしょう」

松崎さんに声をかけられ、少しほっとする。自分の店なのに、女の子や芝居してるハヤトを前にすると、アウェー感があるから。

「チャイのムース固まるの何時？」

「あと一時間くらいですね」

「じゃ、また後で来てもいいかな？　とっておいてくれるか？」

「いいですよ」

「悪いね、無理言って」

「いいえ」

ハヤト目当てで来ている女の子達の中には、視線を松崎さんに向ける者もいた。

ホント、男前の集まる店になっちゃって。見劣りするのは俺だけだな。

「高波さん、そういえばこれお土産《みやげ》」

今度はハヤトが俺に声をかけた。

「この間北海道行ったから、定番のお菓子」

差し出されたのは、北海道土産の代名詞でもあるお菓子の箱だった。

「定番すぎるだろ。…でしょう。スーパーでも売ってますよ」

いかん、いかん。ハヤトが間の抜けたことをすると、ついいつものクセで突っ込んでしまいそうだ。

「でも好きじゃん」

向こうもいつもの口調で言い返す。

「…ハヤトさん、ありがとうございます」

芝居中だろ、という目で見返して礼を言う。

心の中では、よく覚えてたな、そう、俺これ好きなんだよと思いながら。

ギャラリーがいるから声にできないが、後でメールでちゃんとしたお礼を口にしてやろうと思いつつ受け取って、女の子達の注意を引く前にカウンターの下にしまう。

やっぱり芝居を続けるのは無理があるよな。

友達にこんなことさせるなんて、いいことじゃない。

たとえ女の子達に何を言われても、俺としては友達は友達として胸を張りたい。

第一、奥井にしても、友達の店に遊びに来てまでハヤトという役割を続けなければならないことは、決して楽しいことではないだろう。

本当に申し訳ないな…。

俺は、後にしようと思っていたが、オーダー品が途切れた時、そっと携帯電話でハヤトにメールを打った。

『お土産ありがとう。スゲー嬉しい。今夜一人で食べるよ。芝居させてゴメン』

目の前ですぐに彼の携帯が鳴り、ハヤトが電話をチェックする。

その顔に笑みが浮かび、彼の指が動いた。

『大丈夫。芝居ってほどじゃないから。それより今度、中村と三人で飲もうね』

返信に、俺は笑みを浮かべた。

本当にハヤトはいいヤツだ。

いつか、こいつが困るようなことがあったら、次は絶対に俺が彼の力になってやると心に決めた。

店のことも、彼がきっかけをくれたのだから、この間に自分の力でちゃんとしないと。

ささやかなるお礼に、テイクアウトを頼まれたミートパイを一個多く入れてやった。

そんなことで済ませられるようなことじゃないのはわかっていたけど、今はそれしかできなかったから。

「またいらしてくださいね」

という言葉と共に。


「昼間来てたの、モデルのハヤトだろう?」

夕方、チャイのムースを食べに再び店を訪れた松崎さんは、カウンターに座るなりそう訊いてきた。

「え?」

「うちの店でも女の子達が噂してたよ。向かいの喫茶店にモデルのハヤトが来てるって」

ネットで既に情報が流れているのか、ハヤトが帰った後に新しい女性客は訪れず、今は常連さんがテーブル席に一組座っているだけ。

なので返事に窮《きゅう》するこの質問から、逃れるわけにはいかない。

「ええ。最近よくいらしてくださるんですよ」

本当は、この人にあまり嘘《うそ》をつきたくなかった。

最初、憎たらしい商売敵と思っていたけれど、実はいい人なのだとわかってしまったから、こんないい人を勝手に悪者にしていたことに対して負い目があるからだ。

「仲いいみたいだね。プレゼントも貰ってたみたいだし」

席二つしか離れていないところに座っていたのだから、見ようとしなくても見られていただろう。

言えることは正直に言ってしまおう。

「何だか仕事で北海道に行ったとかで、お菓子もらったんですよ。常連さんからもよくいただくんですけどね」

「へえ、うちはそういうのはないなあ」

「まだお店開いたばかりだからじゃないですか？　きっとすぐにプレゼントが来ますよ。松崎さんのところはイケメンが多いから、バレンタインなんか大変かも。松崎さんも食べます？」

「いいのかい？　有名人からもらったお菓子なんて貴重品じゃないのか？」

「まさか、俺は女の子じゃないですから別に。あ、ムース食べてるのにお菓子は変か」

「いや、よかったらいただくよ」

「ちょっと待ってくださいね」

俺は小分けになってるラングドシャの袋を皿に載せ、松崎さんに出した。

ついでに、もう一組いる常連さんのところにも持って行く。

「お、お菓子か」

「お客さんからの貰い物ですけど、よかったら」

「これ、好きなんだよ。ありがとう」

酒屋の堀内さんは嬉しそうに言って、すぐに袋を開ける。

カウンターに戻ると、松崎さんも早速菓子を口に放り込んでいた。

「定番だけど、美味しいな」

「ですよね」

「高波くんは、お菓子好きなのかい？」

「甘い物は好きですね。特にチョコ系」

「へえ。今度、俺も持ってきてあげようか？」

「いえ、そんなお気遣《きづか》いいただかなくても…」

「俺もここの常連になりたいからね」

微笑まれると照れる。

「手土産なんかなくても、松崎さんはもう常連さんですよ。毎日いらしてくださるし」

「ただの客じゃなくて、少しゆっくり話がしたいなと思ったんだ。同業者として」

「同業者として、ですか？　でもそれで言ったら…、その…、ライバル店ってことになるんじゃないかと…」

客としてこの店に来て、俺のコーヒーを褒めてくれて、参考になるような本まで貸してくれてる人に『ライバル店』と口にするのも申し訳ないが、それが事実だから。

「ああ、それね」

けれど松崎さんはさらりと流した。

「それも一度話し合った方がいいと思うんだ。うちと『鳥籠』さんじゃ客層が違うだろう？　だから俺もここに店を出したわけだし。ただ、あのモデルさんが来るようになってからその辺が曖昧になってるから、ちゃんと話し合った方がいいんじゃないかな、と思って」

…大人だ。

俺が心の中でぐちゃぐちゃと悩んでいたことを、彼は相談しようと言ってくれるのだ。

「若いお客さんが取られるとかってことは…」

最後の確認で核心を突いてみたが、彼の態度は変わらなかった。

「いいことだと思うよ。この街に外から足を運んでくれるお客がいれば、いつかうちのためにもなると思うしね」

「うちの客を取れる、と？」

言ってて自分がせちがらい気がするが、こういうことははっきりさせておいた方がいい。

「そうじゃないよ。この街に来て、ここを気に入ってくれれば、たまにはカフェに寄りたいと思ってくれるかも知れない。逆に、うちのカフェに来たお客さんも喫茶店でゆっくり過ごしたいと思うかも知れない。そういう提携みたいなことを考えてもいいのかな、って」

「提携…」

「競い合わずに、手を握ろうってことさ」

「それ、いいです！　いいことだと思います」

思わず声が大きくなってしまう。

この人がいい人だとわかってから、店の経営上彼と争わなければならないのが辛いと思っていたのだ。

でも、提携できれば、一緒に儲けることができれば、それが一番いいじゃないか。

「今はもう店に戻らなきゃならないから詳しい話はできないけど。そうだな…、店を閉めるのは何時？」

「大体八時ぐらいです。お客様次第なので」

「八時か…。うちは十時までやってるからな。じゃあ、店を誰かに頼んで八時にここへ来るよ。そうしたらどっか飲みがてら話でもしようか？」

「そんな、俺が十時まで待ちますよ」

「大丈夫、任せられる人間がいるから。一度高波くんとは飲みたいと思ってたんだ。それじゃ、今はこれで戻るよ。八時ぐらいにまた来るから」

「はい。お待ちしてます」

「楽しみにしてるよ」

お金を置いて立ち上がった彼は、そのまま爽やかに店を出て行った。

仕事の話だ。事務的な。

だが、俺の心は弾んでいた。

相談相手ができる。

それがとても嬉しいことだったからだ。

この店を開いてから、色んな人が協力してくれた。先代のマスターも、常連さんも、中村や奥井や、他の友人達だって助けてくれた。

けれど、実際の細かい事情を相談できる相手はいなかった。

マスターはもう息子さん夫婦のところに行っていたし、病気のことを考えるとあまり負担をかけたくなかったし、常連さんはお客様。お客様に愚痴《ぐち》など聞かせられるわけがない。

友人達には愚痴ぐらい言えるけれど、自営業の人はいないから実情はわかってくれない。

でも、松崎さんは同じ仕事で、同じ立場で、しかも俺の先輩格。

訊きたいことも訊けるだろうし、ずっと悶々としていた両者が上手くやっていける方法を考えてくれるかも知れない。

しかも彼はそれを歓迎するような態度だった。今日の今日で、すぐに相談はできないかも知れないけれど、親しくしていればそのうち何でも言い合える仲になれるかも知れない。

希望的推測だけど。

何度も試すような質問をしても嫌な顔一つせず、態度の変わらない松崎さんに、俺はもうすっかり傾倒していた。

「まだ六時か…」

壁にかかった時計を見上げ、ポツリと呟く。

仕事中に不謹慎ながら、俺は店が閉まる時間を心待ちにした。

久々の飲みの誘いに、彼の提携の申し出に。

そして松崎さんと親しくなれそうな予感に…。


最後の客が出て行ってから、きっちり八時まで店を開けていたが、八時を過ぎるのと同時に外に出していた店の看板をしまった。

扉にかけていた『オープン』のフダを引っ繰り返し、窓のブラインドを下ろしてフロアの電気を消し、カウンターの明かりだけを残して松崎さんを待った。

相手も商売をしているから、暫く待つことを覚悟していたのだが、彼は、俺がその全ての所作を終えてカウンターの椅子に腰を下ろしたのと同時ぐらいにやってきた。

「暗いと雰囲気があるね」

いつも、彼が店に現れるのは仕事の途中なので、Tシャツにエプロンを着けたままで、上着を羽織る程度の姿しか見たことはなかった。

それでも十分カッコイイと思っていたのだが、今はまた違ったカッコよさがあった。

着ているのは同じ黒いTシャツでも無地ではなく、胸の辺りにラインストーンでスカルの入ったシャツ。羽織っているのもいつもの飾りのないジャケットではなくスタイリッシュなデザインジャケット。

前髪も軽く垂らして、整った顔に野性味というアクセントを加えている。

当然だけれど、あの格好は仕事中の姿で、プライベートはこれなのだ。

俺なんか、仕事の最中でもプライベートでも変わらないのに。

「どうした？」

俺がぼーっと見ていると、彼が覗き込むように顔を近づける。

その顔も、服装のせいかいつもよりきりっとして男前な気がする。

「あ、いえ。カッコイイなと思って」

妙にドキドキするのはそのせいだろう。

「俺が？」

「ええ」

「そいつはありがとう。モデルさんとか見慣れてるんじゃないの？」

「ハヤトですか？　あいつもカッコイイですよね。どうして俺の周りは背が高くて男前の人が多いんだろう」

「『あいつ』ねぇ…。親しそうで妬《や》けるな。高波くんも可愛いよ」

「可愛いねぇ…。男としてはカッコイイって言われたいですよ」

「じゃ、カッコイイ」

「『じゃ』を付けて言われても…」

苦笑しながら、俺は椅子から立ち上がった。

「さ、行きましょうか。どこにします？」

「高波くんはお酒飲める？」

「もちろん」

「じゃ、近くにいいバーがあるからそこにしよう。『ロックス』って知ってるかい？」

「いいえ。俺、あまりこの近くで飲まないから」

「いつもはどこで飲むの？」

「家の近くです」

「家ってどこ？」

「ここから一駅離れたところです。でも飲むのは友達の会社との間ぐらいの場所を選ぶんで」

「この近くで飲み友達はいないんだ？」

「常連の人に誘われると行きますよ。でもうちの常連さんは年上の人が多いんで、駅前の焼き鳥屋とか居酒屋が多いかなぁ」

「俺も常連になったら誘えるのかな」

「そりゃもちろん、ぜひ」

連れ立って店を出て、彼の案内する店に向かう。

途中、そんな他愛のない会話を楽しみながら歩いていると、店までの距離なんてあっという間だった。

彼が連れて行ってくれたのは、友人達とは行かないような大人の雰囲気のあるバーだった。

間口は狭いが、奥行きのある店で、くねった曲線のカウンターには既に何人もの客がいる。

彼はもう馴染みなのか、そのカウンター席を抜けて、奥にあるテーブル席に腰を下ろした。

カラーリングされたコンクリートの床と壁。天井から下がる奇妙な形のライト。

店の近くにこんなところがあるなんて、知らなかった。

「よく来るんですか？」

「こっちへ越して来てからはよく来るかな？　飲んべなんでね」

「お酒、強いんですか？」

「まあ年相応に。高波くんは？」

「そこそこ」

「じゃ、まずビールにしとこうか。ここはメシも美味いよ。何食う？」

「わからないので、お任せします」

適当に何品か料理を頼み、ビールで乾杯する。

祝い事があるわけではないのだけれど、飲み始めについ乾杯するのは酒飲みのマナーみたいなものだろう。

まず喉《のど》を湿らせてから、出てきた料理に箸《はし》を付ける。

料理は、食事というよりツマミだったが、確かにどれも美味しかった。

「それで、提携ってどういうことですか？」

「もう仕事の話？」

「酔うとマズイでしょう？」

「そうだな。……具体的に考えがあるわけじゃないんだが、例えばお互いの店に相手の店のメニューを置いておくとか？」

「でもそれじゃ、相手のお店の品がデリバリーできると誤解されませんか？」

「客層の違いを際立たせるのがいいとは思うんだが、それだと君の店から若い客を取り上げることになるからな。どうしたって、うちは年配客をメインにはできないし」

「どうしてです？　二階とかゆったりしてていいじゃないですか」

「メニューが年配者向けじゃないだろう？」

「そんなことないですよ。おばあちゃん達だって、色々頼みますよ。今うちで出してるムースもよく出ますし」

「へえ。幾つになっても女性は甘いもの好きなんだな」

「棲み分けって言うなら、お互いの特色を考えないと」

「一番の違いは喫煙かな。うちは全面禁煙だから」

「それで松崎さんはうちへ逃げて来るんでしょう？」

「その通り」

言いながら、彼はタバコを取り出して咥えた。

ライターに手をかざして火を点ける姿が様になっている。

彫りが深いから、薄暗い店内でライターの炎に照らされると陰影がくっきりと浮かび上がるのが印象的だ。タバコを吸うだけで雰囲気が出るなんて、いい男って得だなぁ。

「お互いに、出さないメニューを一つ、二つ決めるっていうのはどうだ？　それが欲しいなら相手の店に行ってくれと言う」

低いトーンの声で、話す声もいい。

「そりゃできないものは仕方がないですけど、できるものを断るのは嫌だなあ。それに、松崎さんのところはテイクアウトができるでしょう？　あれはうちにはないものだから。うちはケーキとかパイだけですよ」

「なるほど。ってことは特色としては、喫煙とテイクアウトか」

「それに松崎さんは新メニューもすぐに出せるでしょう」

「それはお互い様じゃないのか？」

俺は首を振った。

「うちは一人なんで、新しいメニューを増やし過ぎると対応できなくなっちゃうんです」

「うちだってローテーションだ。コストもかかるしな」

松崎さんが何かいい案を持っているのかと思ったけれど、そうではないみたいだった。

ただ酒を飲みたかったのか、こういう会話を楽しみたかったのか。

でも、彼も自分と同じように頭を捻《ひね》ってるのを見るのは悪くない。何だか対等だなって気がして。

「俺は喫茶店で新聞読むのも嫌いじゃないな。カフェには雑誌や新聞は置かないから、それも特色だろう？」

「お互いの特色がわかっても、それをどうやって生かすかを考えないと、ただ今の違いを言い連ねてるだけですよ」

「…高波くんは、意外としっかりしてるな」

「子供扱いしないでくださいよ」

「いや、そういうのじゃなく…、男らしいってことさ。もっと甘えたところがあるのかと思ってたが、惚《ほ》れ直すな。それじゃ、お互い自分の店じゃ出してない商品のクーポンを出すのはどうだ？　ずっと使えるものじゃなく、期間限定で。一番売りたい商品を決めて、それをオーダーした客にだけ出すようにすればいい」

『惚れる』という言葉が耳に残って、ちょっとくすぐったい。けれど今はそんなことに意識を向けてる場合ではなかった。

「なるほど。利鞘《りざや》が大きい商品ですね？」

仕事の話をしなきゃ。そのためにいるんだから。

「毎月、決まった日にだけそれをやる。やってみてメリットがなかったら次の手を考えればいいさ」

松崎さんはポケットからペンを取り出し、コースターの裏側にメモを取りながら企画を考え始めた。

月末の給料日前ぐらいになるとやはり客は減る。あとは雨の日だ。

そういう時にサービスデーを設《もう》けて、一品だけ品物を決めてそれを注文してくれた人に相手の店のクーポンを渡す。

最初は割引券でと言っていたが、金銭的にマイナスになるかも知れないから、プラスアルファをつけてはどうかということになった。

たとえばクッキーを付けるとか、ブランデーシュガーをサービスするとか。

飲みながら彼とディスカッションするのは楽しかった。

アイデアを出して、それを検討して、またアイデアを出して。

松崎さんの話術が上手いのか、会話は途切れることがなかった。大体の骨子が決まっても、話題をプライベートなことに移して話し続けた。

お互いどうして店を始めたのかとか、どうしてこの街を選んだのかとか。彼は俺みたいに勢いで始めたのではなく、この道を選んだ時から店を出したいと思っていたらしい。

あの店は、内装も、何もかも自分で練って考えた、彼の夢の結晶というわけだ。

酒が進んだので、いつか訊いてみようと思っていた仕入れのコツとかを尋ねても、彼は丁寧《ていねい》に答えてくれた。

「豆の仕入れは気を遣うな」

もちろん、業者とかの話はＮＧだけど。

「わかります。あとロースト。うちは先代のマスターの味に惚れ込んで通ってた人が多いんで、最初のうちは苦労しましたよ」

「こっちはアレンジコーヒーの流行り廃《すた》りがあるからな。季節限定のメニューなんかを次々に考案するのが大変だ」

「それでいつも勉強してるんですね？」

「大手のチェーン店には負けたくないからな」

「あ、それは俺も思います。一人一人のお客様を大切にしたいんですよね」

「高波くんとは、そういうところの考え方も似てるから、話してて気持ちがいい」

「俺もです」

すっかり意気投合して、いい気分だった。

「どうだ？　もう一軒行くか？」

という誘いも、明日の店のことを考えなければＯＫしたいくらいだった。

「ダメですよ。これ以上飲んだら、俺、明日店が開けられなくなっちゃいます」

でも仕事は仕事。

楽しくても我慢しなくちゃ。

「それじゃまた誘ってもいいか？」

「もちろん。ぜひ誘ってください。さっきも言ったでしょう」

「約束だぞ」

店を出ると、彼は酔っているのか、そのまま俺を軽く抱き寄せ、背中を叩いた。

「お互い頑張ろうな」

微《かす》かに香るタバコの匂い。

体格差のせいですっぽりと彼の腕の中に収まると、男同士でもドキドキする。これが女の子だったら腰砕けになるんじゃないだろうか。

「お互いに」

俺も彼の背中に手を回し、同じように背を叩いた。

歩いて帰れると言う彼とはそこでお別れだ。

「また明日」

「おやすみなさい」

背中にあった手が離れて行く時、少し寂《さび》しさを感じた。それだけ彼と一緒にいる時間は楽しかったから。

仕事の話をできることが、楽しかった。

「ずっと上手くやっていきたいなぁ…」

一人になり、空を見上げてポツリと呟く。

彼のことが好きになっていたから、もう商売敵だなんて考えることなく、友人のように親しく付き合って行きたいと思っていた。

本当に、それを望んでいた。


一生懸命走り続けてきて、ふっと立ち止まった時、自分が走ることに疲れていたことを思い出すように。松崎《まつざき》さんという話し相手ができて、俺は自分でも気づかないうちに仕事に対して気を張り過ぎていたことに気づいた。

決して店が嫌になったというわけではない。

ただ、自分が頑張っているんだということを、誰かに認めて欲しかった。

誰だって、一人で頑張っている。

けれど誰もがやっていることだからと言って大変じゃないわけではない。

同僚というものがいない仕事は、その辛さに気づくこともなく、気づいてもそれを分け合う相手もいないということだ。

別れ際、松崎さんが俺の肩を叩いて『お互い頑張ろうな』と言ってくれた一言が、胸の中にストンと落ちて、頑張っているのは自分だけじゃないという気持ちになった。

彼もそれをわかってくれてるんじゃないかと期待した。

違う店の人でも、彼の店には一緒に働く人がいても、松崎さんは俺が頑張ってるって思ってくれてるんじゃないかと。

今まで、弱音なんて吐かなかった。

店をやることは楽しいことだと思っていた。

でも、やっぱり寂《さび》しかったのかも知れない。

翌日店を開けてから、俺はずっと戸口を見ていた。

また松崎さんが来ないかな、と思いながら。

昼頃には毎日顔を出してくれるとわかっているのに、その姿が現れることを朝から心待ちにしていた。

今日は昼食の前に来るんだろうか？　それとも食事の後？

チラチラと時計を見ながらお客様の相手をしていたが、待っている時に限って彼はなかなか姿を見せず、ようやくやってきたのは夕方だった。

「いらっしゃいませ」

何か特別なことをするわけではない。

「ブレンド」

「かしこまりました」

ただ彼にコーヒーを出し、タバコを吸う彼を見ているだけだ。

それでも満足だった。彼との間に友情を感じられた。

「昨日の話だけど、もう少し具体案を詰めてみようかと思ってるんだ」

「そうですか」

「幾つかに絞ったら、また飲みながら話をしよう」

「はい」

「ああ、そうだ。これ、以前約束してたチョコ」

ポケットから取り出されたのは、箱にも入っていないブルーのセロハンと銀紙に包まれたチョコレートだった。

「貰《もら》い物だけど」

男のプレゼントだな。

「ありがとうございます。後でこっそりいただきます」

静かな夕暮れ。

窓からは茜色の陽光が差し込み、空っぽのテーブル席を染める。

客の囁《ささや》きに被せるように流れるクラシックの音楽。

これが俺の目指していた喫茶店《きっさ》の姿だよな、と堪能《たんのう》する。その風景の中に松崎さんがいることも、嬉《うれ》しい。

「まだハヤトは来てる？」

「え？　ええ」

前にも訊《き》かれたけれど、やっぱり松崎さんでも気になるのかな？　もしかしてミーハーなところがあるとか？

そんなわけないか。

「家が近いのかね？」

友人だとも、サクラを頼んでるとも言えないから、俺はまた嘘《うそ》をついた。

「うちのコーヒーのファンだそうです。ありがたいですよね」

すると彼はカウンターの向こうから手を伸ばし、俺の手をとった。驚く間もなくぎゅっと握られる。

「俺は君のファンだな。もうずっと、ね」

真剣な顔に見えた。

何かを訴えるような視線だった。

握った手の力も強くて、一瞬胸がドキリとする。これが彼の天然なら、女性客が増えるわけだ。

「あの…」

「本当さ」

反応に困って固まってしまう。ファンってどういう意味ですか、と聞き返すこともできず、向けられた視線にどう応えればいいのか、戸惑《とまど》ってしまう。

するとタイミングよくカランとベルの音が響いて客が入ってきた。

「いらっしゃいませ」

「高波《たかなみ》」

入って来たのは会社帰りの中村《なかむら》だった。

手を握り合ってるのを見られるのが恥ずかしくて、俺は慌てて松崎さんの手を振り払い、そちらを見た。

「オクさん来たって?」

中村は握っていた手には気づかず、スタスタと歩み寄ってくるとそのままカウンターへ腰を下ろした。

店内には、若い女性客がいる。

彼女達がハヤト待ちなのかどうかはわからないが、可能性があるので慌てて俺は「シッ」と

唇に指を当てた。

「何？」

「そのことは人前で言うなって」

「え？　だって来たんだろ？」

「あいつにクギ刺されてるんだよ」

「ふうん。あ、俺コーヒー、ブレンドな」

中村はカウンターに身を乗り出して声をひそめ、もう一度訊いた。

「で、オクさんどうだった？」

「ん、助かってる。あいつには迷惑かけっぱなしだよ」

「いいんじゃない？　俺が話した時、高波が好きだから何でもしてやりたいって言ってたし。でもなんでナイショなんだ？」

「彼が色々と女の子達に訊かれると大変だろうからって」

「ああ。なるほどね」

俺が中村のコーヒーを淹《い》れていると、松崎さんが立ち上がった。

「もうお帰りですか？」

「…ああ。お友達？」

中村のことは隠す必要がないので、頷《うなず》いた。

「大学時代の友人なんです。チャイのムースを考案してくれたの、こいつの彼女なんですよ」

中村が座ったまま彼に会釈する。

「どうも、初めまして。中村と言います」

本当は初めてではないのだが、中村の方も覚えていないようだった。

「初めまして。松崎です」

彼もにっこりと笑って会釈を返す。

「斜め向かいのカフェの店長さん」

と説明すると、中村は『いいの?』という顔でこちらを見た。俺が向かいのカフェを敵対視していたことを知っていたから。

「お友達になったんだよ。色々相談にも乗ってもらってるし、今度一緒にイベントをやろうかって話してるんだ」

「ああ、そりゃよかったな。ご近所仲がいいのが一番だもんな。高波のこと、よろしくお願いします」

偉そうに言うな、とツッコミたかったが、これも彼の厚意と思って黙っている。松崎さんも突然そう言われても困るのだろう、苦笑していた。

「すみません、御調子者で」

「何だよ、友達想いだろ？」

「わかったよ。気にしなくていいですよ、松崎さん」

いつもなら、そこで何かを話しかけて来るのに、この時は何も言わなかった。

「…また来るよ」

彼は困った顔のまま、片手を上げてそそくさと出ていってしまった。さっき手を握ってきたのは、やはり冗談だったのだろう。名残惜《なごりお》しさも何もなく、あっさりとした態度だ。

変に意識して固まった自分が恥ずかしい。

でも目が真剣に見えていたのだ。慌てても仕方ない。

「いい男じゃん。オクさんといい、お前の周りはイイ男度の高いのが多いな。本人はコレなのに」

中村の声に、俺は見送っていた視線を戻し、まだ落ち着かない気持ちを落ち着かせる。

「お前だって同じ程度だろ。それに、オクさんって言うな」

俺は目で、座っている女性客を示した。

「ファン？」

「わかんない。でも可能性ありそうだろ？」

「まあねぇ。あいつ、男のおっかけも多いみたいだし」

「本名、知られたくないんだって。俺が友達だってわかると、俺が質問攻めにあうだろうから、そこも隠しとけって」

「わかる、わかる。でもだったらやっぱりオクさんで通した方がいいんじゃないか？　その方が誰だかわかんないだろ？」

「それもそうか」

コーヒーを出し、サービスで彼女考案のチャイのムースも付けてやる。本当は松崎さんが頼むかと思って一人分だけ残していたのだが、彼がオーダーせずに帰ってしまったので。

「さっきのイケメンと仲良くなったんだ」

「うん。話してみたらいい人でさ」

「最初はあんなに嫌ってたのに」

それを言われると居心地が悪い。

「…人となりを知らなかったからだよ。でも今は毎日来てくれるんだ」

「毎日？　自分の店があるのに？」

「向こうのカフェは禁煙だから、こっちにタバコ吸いに来てるみたい」

「ああ、それは大切だよな。俺もここで息抜きさせてもらうし」

催促《さいそく》されたので、灰皿を出してやると、中村も一服吸い付けた。

俺はタバコは吸わないから、彼等の気持ちはわからない。タバコなんて吸うくらいなら、ゆっくりとコーヒーを楽しめばいいのに。

「何とか上手《うま》くいってるんだな」

「ご近所付き合いはね。まだ商売の方は安定していないけど。でもあの松崎さんって、本当にいい人なんだ。色々資料用に本も貸してくれるし、相談にも乗ってくれるんだよ」

「随分《ずいぶん》入れ込んでるね」

「入れ込んでるってわけじゃないけど、本当にいい人なんだって」

中村の前で彼を悪く言っていたのを帳消しにしたくて、力説する。だが中村は俺の言葉など聞いていないかのように別の話題を振ってきた。

「オクさん、一昨日メールしてきてさ」

少し暗い顔。

「メール?」

何か問題でもあったのだろうか?

「それがちょっと気になるものだったから、お前に訊こうと思ってきたんだよ」

「気になるって、どんなメール?」

「読むか？」

「見る」

答えると、中村は自分の携帯電話を取り出し、メールを呼び出し、その文面をこちらに見せてくれた。

『中村、彼女いるんだよね？　彼女の誕生日って何贈った？　よかったら教えて』

「…特に変わった文面じゃないじゃん」

読み終えて携帯電話を返すと、彼は鼻先で笑った。

「彼女のいない男はこれだから」

「…何だよ」

「彼女の誕生日に何を贈ったか、なんて訊いてくるってことはそれを参考にしたいってことだろう？　オクさん、彼女ができたんじゃないかって考えるのが筋だろう」

「奥井《おくい》に？　だって仕事…」

トップモデルだろう？　芸能人だろう？

今時はオープンだとは言っても、恋愛沙汰は問題じゃないのか？

「だから気になるって言ってるだろ。ホントに彼女がいるんなら問題じゃん。俺には相談はなくても高波にはそれっぽいことを相談してるんじゃないかと思ってたんだけど、その様子じゃ何にも聞いてないみたいだな」

「聞いてない。……っていうか、ここではプライベートな話はできないよ」

「どうして？」

「さっきも言っただろう？　ギャラリーが多過ぎるからさ。もし相談したくたって、そんな話がファンの耳に入ったら大変じゃないか。そのくらいあいつだってわかってるだろう」

当然のことを言ったのに、中村はふっとタメ息をついた。

「お前さ、オクさんのこと利用してるんだから、相談ぐらい乗ってやれよ？」

「利用って、失礼だな」

「事実だろう？」

「……まあそうだけど」

彼が来てくれるから客が増えてるわけだから、否定はできない。でも『利用』と言われてしまうと何となく納得できない。

一応彼からは『恩返し』と言われてるわけだし。

「ま、俺の方もそれとなくオクさんにそういうことがあるのかどうか訊いてみるから、お前も気を付けてやれよ？」

「わかったよ」

「そのうち三人で飲もうや。その時は高波がオゴれよ？」

「奥井はわかるけど、どうしてお前まで」

「俺の彼女がデザート考案したんだし、オクさんに連絡取ったのも俺だろ？　お礼ぐらいしたっていいだろう」

そう言われると反論はできなかった。

中村には感謝はしている。オゴれと言うのが本気かどうかわからないが、本気だったとしてもその要望に応えていいだろう。

「わかったよ。俺の財布の都合を考えた店を探してこいよ」

「ＯＫ」

その飲み会でお礼が済むなら、その方がいいかも知れない。

松崎さんの使ったカップを洗っていると、さっきの言葉と手の感覚が蘇《よみがえ》る。

「なぁ…、ファンって、やっぱりファンだよな？」

「当然だろ。みんなオクさんに恋してるのさ」

俺の言葉を奥井のことと取り違えて、中村はそう言った。だが俺の頭の中にあったのは松崎さんのことだったので、『恋してる』という言葉がむず痒《がゆ》かった。

松崎さんが俺に恋をしてるわけがない。

やっぱりあれはジョークだったんだ。妙に意識した自分が恥ずかしい。

「コーヒー、もう一杯」

中村のコーヒーを淹れながら、まだざわつく心をコーヒーで落ち着かせようと自分の分も淹れた。

さっきの言葉で、松崎さんを意識している自分に気づいて。俺こそが彼のファンなのかも知れないと思いながら。

その日の帰り、俺は松崎さんのカフェを覗《のぞ》いてみたが、外から彼の姿を確認することはできなかった。

さっきの『ファン』というセリフの意味を知りたいと思ったのだが、意味などないのかも知れない。

手なんか握られて、真剣に見つめられてしまったから変に意識し過ぎてるのかな。

どうも俺は最近松崎さんのことばかり考えてる。他に考えなきゃないことは沢山あるのに。

いや、仕事のことがあるから、考えてもいいんだ。むしろ考えないといけないんだ。

ただ個人的に彼が好きってだけで考えてるわけじゃない。

外からいつまでも覗いていても仕方ないのですぐにその場を離れ駅へ向かう。

自宅のアパートへ戻ると、今度は中村の言った奥井の事が気になり始めた。

自分が仕事をしてる時、仕事の関係者にプライベートなことが相談できなかったように、彼もまた何か悩みを周囲の人に話せず困っているのかも知れない。

恋の話は苦手だが、聞くだけなら自分にもできるかも知れない。

風呂に入り、濡《ぬ》れた髪をタオルで拭きながら自分で作った遅い夕飯を一人で食べ、携帯電話を取り出して奥井にメールを打つ。

突然『何かあった？』と訊くのも変なので、まずは当たり障《さわ》りなく『奥井のお陰でお客も増えてきたよ、ありがとう。最近そっちはどう？』と打ってみる。

返信はすぐに届いた。

箸《はし》を置かず、行儀悪くも左の手で携帯を見る。

『今仕事中。でも、ちょっと相談乗って欲しいことあるんだけど…』

来たか。

中村の言った通り、やっぱり何かに悩んでるんだ。

『俺も相談乗ってもらったし、何時でも相談乗るよ？』

と打つと、すぐにまた着信音が鳴る。

『明日は？』

返信が早いな。

打てば響くって感じで、その早さに彼の気持ちが伝わる。

『早い方がいいなら、明日ＯＫ。店を開ける前に来てくれたら、二人だけで話せるよ』

だからこちらもすぐに返信した。

食事をしながらだったのだが、食べ物を口へ運ぶ暇《ひま》もない。

『明日行く。何時？』

『店は九時に開けるからその前。話が長引きそうだったら、そのまま閉めて対応してやるから時間はたっぷりとってやるよ』

『じゃ、明日。九時前にまた』

『ＯＫ。仕事ガンバレよ』

最後のメールを打ち、奥井との会話を終える。

テーブルの上に置いた携帯は、もう鳴りはしなかった。

恋愛か…。

奥井は学生の頃からモテていたけど、あまり彼女とかの噂《うわさ》はなかったな。

もう既《すで》にモデルの仕事をしていたから気を付けていたのかも知れないが、特定の相手は作らなかった。

周囲にいたのは、友人としての女の子か、男友達ばかりだった。

その奥井が、恋をしたなんて。

いや、まだ恋愛の相談と決まったわけではないのだけれど…。

考えてみれば、奥井が恋をしたって、あのルックスだ。誰に申し込んでもすぐＯＫに決まってる。俺なんかに相談することがあるわけがないじゃないか。

ひょっとすると、あいつも仕事を始めるつもりなのかも。芸能人って、よくサイドビジネスするって言うし。

もしそうなら、俺でも相談に乗れるな。

恋愛は、俺の方が誰かに相談した方がいいくらいだろう。

学生時代も決まった相手というほどのものは作らなかったし。

モテなかったわけじゃない。それなりに付き合った相手はいたし、好きだと言われたこともある。

ただ自分が惚《ほ》れ込むほどの相手が見つからなかったのだ。

特に今の店を始めてから、女の子は客にしか見えなくなっていた。自分が認めるようなところがあって、初めて気持ちが動くものだろう。けれど、店に来る女の子達の会話が耳に入ると、だんだん女の子から気持ちが離れてしまったのだ。

彼女達は喫茶店のマスターを店の備品としてしか思っていないから、会話が聞こえようがどうしようが気にもせず本音トークをする。

それがなかなかキツイものだった。

男と化粧と買い物の話。

どこのバッグが新作だとか、今年の流行は何だとか、セールの品揃《しなぞろ》えがどうだとか。学生時代ならカワイイこと言ってると思っていた話題に、眉《まゆ》を顰《ひそ》めてしまう。

特に男の話をする時には、正直ビックリした。

「あれでいいことしたつもりなんだよ、笑っちゃうわよね」

男が頑張ったことに対して、そういう辛口コメント。

多分、本人がそこにいたとしたら、『素敵ね』と言うだろうに、いないところではそのセリフなのか。

人には誰しも裏と表がある。

けれど見たくない裏を見てしまうとやはり気が引ける。

尊敬できるとまでは言わないが、人として『いいな』と思う部分を見つけないと、好きという気持ちは生まれないだろう。

「いいな、と思うところか…」

今一番『いいな』と思っている相手は、松崎さんだった。

親切だし、前向きだし、仕事の上での先輩として色々尊敬するところもある。男性だから、恋愛云々はないとしても、彼のことは好きだ。

彼ともっと親しくなりたい。この間のように、仕事の話をしたり、お互いの悩みを打ち明けたりしたい。

でもそういう部分を女性に求めるのは、おかしいことなんだろうな。

俺は食事を終えると、松崎さんから借りているテーブルウェアの本を開いてごろりとベッドに横になった。

有名ブランドの食器やカトラリーの写真が載っている、見ているだけでも楽しい本だ。

明日、奥井からどんな相談を受けるにしても、真剣に聞いてやろう。

俺は充実している。

彼には助けてもらった。

だから自分にできることは何でもしてやろう。

彼が俺にしてくれたことに対して、それが少しでもお返しになればいいな、と思いながらページを捲《めく》った。

半分奥井のことを考え、残りの半分で松崎さんのことを考えながら。


翌日、しっかりと朝食を摂《と》ってから、俺は店に向かった。

いつもより一時間早く出るアパート。

奥井とはっきりとした時間は決めなかったが、少し早めに来いとしか言わなかったのだから三十分ぐらい見ればよかったのだろう。だが、店に出る前に松崎さんのカフェに行ってみようと思ったのだ。

彼がうちの店に来てくれるのは、彼の店には他の店員がいるからで、一人でやってる俺は営業中に彼の店へ行くことはできない。

店が終わってから立ち寄ることも考えたが、昼間彼がうちの店に来てくれた後にこっちから行くのは、何となく気まずい気がした。何だか義務で行くみたいで。

休みの日は時間があるが、わざわざ電車に乗ってまでカフェにお茶を飲みに行くのも変だろう。

なので、今日がいいチャンスだった。

電車を降り、改札を出て、歩き慣《な》れた商店街を進む。

うちよりも営業時間の長い『テラス』は、既に店を開けていた。

松崎さんはいるだろうか？

他の店員さんしかいなかったらどうしよう？　別に彼に会いに行くわけではないのだからそれでもいいのだけれど。

店の前まで行くと、妙に緊張する。

普通にスッと入って行けばいいのに、中の様子を窺《うかが》ってみたりする。

店の中には、女性客がいた。

待っている他の客がいないからか、学生っぽい花柄のミニスカワンピにカラータイツの女の子は、カウンターに乗り出すようにして、何かを喋《しゃべ》っていた。

「…よね。だから向こうの店も行ったんですけど、全然メニューが少なくて」

声高に話す女性の声。

相手をしているのは松崎さんだった。

「やっぱりこっちの方がいいわ」

うちの店にいる時、彼は無表情なことが多かった。タバコを吸っていたり、本を読んだりしてるから当たり前なのだが、笑顔は会話の時に見せるだけだった。

けれど今そこで女性客を相手にしている松崎さんは、俺になど向けたことのない笑みを浮かべている。

営業スマイルと言ってしまえばそれまでなのだが、そんなに嬉しそうな顔をしなくてもいいのに。

「松崎さんカッコイイし」

「よかったらご贔屓《ひいき》に」

「もちろんですよぉ」

何故だろう。

何かもやもやする。

女の子が松崎さん狙いなのは、見ているだけでわかる。

松崎さんだって気づいているはずなのに、どうしてそんな嬉しそうなんだ。無視すればいいのにって思ってしまう。

客商売なんだから、彼の態度の方が正しいのに。

それに、さっきから女の子が口にしてる『向こうの店』って、ひょっとしてうちのことか？

「本当ですよ、向こうのマスターがいいって友達もいるんですけど、私はやっぱり松崎さんの方がいいわ」

「そう言ってもらえると嬉しいね。その友達にも、こっちはいい男がいるって言っといて」

…もしそうだとすると、今の一言はうちの客を取ろうってセリフみたいじゃないか？　うちと一緒にやろうと言ってくれてたのに。

俺だって客にああ言われたら、『うちをご贔屓に』とは言うかも知れないけれど、何だか裏切られたような気分になる。

俺よりそっちの女の子の方がいいのかって気分に…。

「あんな喫茶店より絶対こっちのがオシャレでいいって言っておきます」

やっぱり、俺の店のことだよな？

「ありがとう」

そこは『あんな店はないだろう』って怒ってくれるべきじゃないのか？　友達が悪口を言った時は、キッパリ怒ってくれたじゃないか。

せっかくここでゆっくりしようと思っていたのに、この会話の中には入っていけない。

今日はもう止めて、自分の店で奥井を待とうと決めた瞬間、背後からドン、と何かに突き当たられた。

「高波！」

「うわっ！」

思わず声を上げてしまう。

「何だよ、突然」

声で相手が奥井なのがわかったから、叱るつもりで振り向くと、そこには赤い目をした奥井が立っていた。

「…フラレた」

と言いながら、俺を押し潰《つぶ》すようにしがみ付く。

「ち…、ちょっと待て。お前、自分の体格を…」

「どうしよう。もうダメ…」

俺の言葉なんか、これっぽっちも届いてないみたいで、さらに体重がかけられる。自分よりも大きな身体に抱き締められては身動きが取れない。

だがここでは人目につき過ぎるだろう。

「おく…、いや、ハヤト。こっち来い」

うちの店へ連れて行こうと思ったが、彼は俺を抱き締めたまま動こうとしないので、仕方なくずるずると彼を引っ付けたまま、店の横の細い路地に連れ込む。

カフェと洋品店の間の細い路地は、双方の店の裏口に通じる細い道で、店の人間は出入りに

使っているだろう。だが、往来《おうらい》で泣かれるよりマシだ。

何せ、ハヤトは体格も顔も目立ち過ぎるのだから。

「それで、何があったんだよ?」

やっと彼を人目から隠し、肘《ひじ》で身体を引き剝《は》がす。この行為も、他人には見られたくなかった。友人だと知らなければ、まるで俺がハヤトに暴力をふるっているみたいに見られるから。

「高波ぃ…」

商品になるほど整っているその顔は、目は赤く、鼻先も赤く、ハンサムが台なしだ。

「フラレた」

「フラレって…」

やっぱり恋愛問題だったのか。

にしても、トップモデルの『ハヤト』をフるような女がいるなんて。

「健也《けんや》さんに、鼻先で笑われた」

「は? 誰に?」

思わず、俺は聞き返した。

今、何て言った?

「健也さん…。モデルの先輩。すっごくカッコイイ人…」

聞き間違いじゃなかったか。でも『ケンヤ』って…。

「カッコ…、女で『ケンヤ』って、変わった名前だな」

薄々わかってはいたが、一縷《いちる》の望みを託《たく》すように言ってみる。

もちろん、返事はそんな俺の期待を打ち砕くものだった。

「違うよ、健也さんは男の人だよ」

「ってことは、お前、男の人が好きになったのか？」

「うん」

デカイ図体して可愛《かわい》げに頷くな。

「わかってんのか？　男同士だぞ？　それとも、お前、女になりたかったのか？」

「そんなこと考えたことないよ」

「じゃどうして？」

「健也さんがカッコよかったから」

鼻をすりながら、言われて目眩《めまい》がした。

思わず怒鳴りたくなる衝動をぐっと抑《おさ》える。

「それ、恋愛って意味なのか？」

「うん」

「…男同士で恋愛ってことなのか?」

「そうだよ」

「それがどういう意味かわかってて言ってるのか? お前は男で相手も男なんだぞ? 普通は男同士で恋愛はしないもんだろう」

「わかってるけど、好きなものは好きなんだもん」

…クラクラする。

「ずっと好きで、だから『好き』って言ったんだ。そしたら鼻先で笑われて…」

当然の反応だ。

俺だってそう言われたら、まずは笑うだろう。何のジョークだって。

「…出直してきなって」

奥井はそう言うとまた涙を流した。

ハヤトであろうが奥井であろうが、俺がこいつと付き合ってから、こんなふうに涙を流して泣くのを見るのは初めてだった。

いつもどこかぽやんとしていて、泣くとか怒るとか、激しい感情を見せたことなどなかったから。

俺は、男との恋愛はわからない。

男同士で恋愛する人がいることはわかっているけれど、それが普通だとも思っていない。でも、こいつが、自分の友達が、こんなふうに人目もはばからず涙を流すってことは、この気持ちは本当なのだろう。

それはただの憧《あこが》れじゃないのか？　カッコイイ先輩に近づきたいと思ってるだけじゃないのか？　そう言って諭《さと》すこともできるだろう。

けれど、この気持ちを否定する気にはなれなかった。

「拭《ふ》け」

俺はポケットからハンカチを取り出すと、奥井の顔に押し付けた。

「ハヤトの泣き顔なんて、誰かに見られたら困るだろ」

「…高波」

「ちゃんと聞いてやるから、まずその涙を拭け」

奥井はこくりと頷くと、ハンカチで涙を拭いた。

「本気で好きなんだな？」

「うん」

「恋愛と好意の違いがちゃんとわかって言ってるんだな？」

「うん」

ホントに、態度だけなら弟みたいで可愛いのだ。身体は可愛いサイズじゃないけど。

「出直してこいって言うだけなら、可能性はゼロじゃないだろ」

友人なら、『もう止めろ』と言うべきなのかも知れない。丁度《ちょうど》いいから諦《あきら》めろと。でも、俺はそれをしたくないのだ。

誰かが『間違っている』と言ったとしても、俺は肯定してやりたい。

こんなにも誰かを『好き』と思っている気持ちを、間違いにはできない。

「いいか、もう一度訊くぞ。本気で好きなんだな?」

「好き。女の子は可愛いって思うけど、こんな気持ちにはならなかった。キスしたって、その身体に触れて…」

「ストップ、そこまででいい。お前の気持ちはわかった」

その続きが想像できるから、言葉を止める。

「高波」

「本気なら、それを信じさせろ」

「信じる?」

「今のお前の『好き』じゃ本気に聞こえないんだよ。『好きです』って言うだけじゃ、冗談かノリにしか聞こえない」

「そんなことない。俺は本気で…！」

「大きな声を出すな。わかったから、まずはそれを信じさせろ。真剣に俺のことが好きなんだなって思わせたら、違う返事をするかも知れないだろ」

「本当？」

「少なくとも鼻先じゃ笑わない。俺なら、ちゃんと答える」

「恋人になってくれる？」

「それはわからないけど…。でも可能性がないわけじゃないと思う」

泣いていた奥井の顔がパッと明るくなる。

「それじゃ、そのために何をすればいい？」

「何って…」

「どうやったら真剣だって信じてくれる？」

どうやったら…。

「まずは仕事を頑張れ。みんなが認めるような仕事ぶりを見せろ。それから女の子や他の男とチャラチャラ付き合うのは止めろ」

「うん、それから？」

「やたら『好き』『好き』としつこくしない。言葉じゃなくて態度で『本気です』って示すんだ」

「どんな態度？」

「それは自分で考えろ。…これ以上話をするなら、取り敢えず店に行こう。ここじゃ人目につき過ぎる」

「あ、でも俺、これから仕事が…」

「仕事があるのにこんなところでフラフラしてたのか？　バカ、さっさと仕事に行け」

「…だって、高波に会いたかったから」

「俺のとこなら何時来てもいいから、まず仕事をしてこい。仕事を軽く考えるヤツを好きになんかならないぞ」

「わかった。…後で電話してもいい？」

「電話しちゃいけないって言ったことないだろ。何時でもしてこい」

「ん。あ、ハンカチ洗って返すね」

「ああ。…俺はハヤトはカッコイイと思ってる。だから存分にカッコよくなってこい」

子供にするように頭を撫《な》でてやると、彼はにこっと笑った。

「それじゃまた」

背中を押されて少しは楽になったのか、彼はまたモデルの顔に戻り、ハンカチで目を拭くと、ポケットから取り出したサングラスで赤くなった目元を隠して出て行った。

道に出る前にもう一度こちらを振り向き、手を振って。

それにしても、男と恋愛か…。

女の子に不自由してるわけではないのに、わざわざ同性を好きになるってことは、本当に真剣なんだ。

自分だったら…。

「意外にオープンなんだ」

声。

ハッとして振り向くと、そこにはTシャツにカフェエプロン姿の松崎さんが立っていた。

まるで、自分の想像の結果がそこにいるみたいで、思わず目を逸《そ》らす。だって、俺だったら彼を好きになる、と言われてるみたいではないか。

「何のことです?」

「今の、モデルのハヤトだろう?」

言われて俺は顔をしかめた。

聞かれた?

どこから?

「ええ、そうです」

名前が出たということは見られているのだろう。ヘタに隠し立てをするより認められることは認めてしまった方がいい。

「お客様、だっけ？」

「ええ」

訊きながら、彼が近づいて来る。

松崎さんに限ってゴシップだと言い出すとは思えないが、つい身構える。

「リベラルな考えだな。男同士の恋愛もアリなんだ？」

…やっぱり聞かれていたか。

「だったら…、どうだって言うんです？　別に悪いことでもないでしょう？」

「悪いことじゃない、か」

彼はフッと笑った。

「モデルってのは人気商売なのに、男に惚れるっていうのは悪いことじゃなくても、マズイことじゃないのか？」

脅すような口調。

この人は、同性愛が嫌いなタイプなのか？　そんなに嫌そうに言わなくても…。

「少なくとも、ファンに知られたら困るだろうな」

「言わないでください。これはプライベートな話です」

「庇《かば》うんだな。ただの客なのに」

「大切なお客様です」

友人だから、とは言えなくてそう言い返すと、彼はすっと腕を伸ばして、俺の腕を取った。

「大切な客か。いいとも、黙っててやるよ。だが口止め料ぐらいはもらわないとな」

「口止め料？」

お金が欲しいのか、と思った瞬間、近づいた顔が目の前に迫った。

「松ざ…」

取られた腕で引き寄せられ、そのまま唇が重なる。

「ン…」

唇だ。

呼吸を奪うように押し付けられているのは、彼の唇だ。

これって…、キス？

どうして？

あまりのことに呆然《ぼうぜん》としていると、舌が唇を割って入り込む。

生温かく柔らかい感触に意識が戻り、抗《あらが》ってみるが、彼の力の方が強かった。体格からして全然違うのだから力で勝てるわけがない。
壁に押し付けられ、貪《むさぼ》られるように求められる。
呼吸ができなくて、目眩がした。
止めてと言おうとして口を開くと、その分舌が奥へ入り込む。
俺の舌に絡まるように蠢《うごめ》く。
理由が、わからない。
松崎さんは俺が好きなのか？
男の人が好きなのか？
混乱が頂点に達した時、彼は突き飛ばすように俺から離れた。
「…最低だ」
な…に…？
「結婚してるってのに…、どうしてこんな…」
吐き捨てるような言葉。
最低？
結婚？
一瞬、彼は俺を見下ろした。

眉根を寄せた、険しい表情で。

行動の意味を、言葉の意味を問い質すより先に、彼はそのまま俺を置いてそのまま店の中へ戻ってしまった。

バタンと音を立てて閉じられるドア。

残された俺は呆然と佇《たたず》むしかできなかった。

今のは…何だ？

膝《ひざ》が震える。

どうしてあんなことを？

最低って何だよ。

そっちが勝手にキスしてきたんじゃないか。

意識がはっきりすると同時に、怒りが沸々《ふつふつ》と湧《わ》いてきた。

「な…」

ファーストキスじゃなかったけれど、男にキスされたのは初めてだった。強引に唇を奪われたのだって初めてだ。

「何だよ、今のは！」

やり逃げかよ。

説明もナシか。

あんたみたいにモテる男はどうだか知らないが、俺にとってキスは大切なものなのに。勝手にするだけして、いなくなるってどういうことだよ。

追いかけて、怒鳴りつけたかった。

何やってんだと、喚《わめ》きたかった。

けれど、客も他の店員もいるであろう店の中まで入って行ってそれができるか？　できるわけがない。人前で『キスされた』なんて言えるわけがない。

何故俺にキスしたんだよなんて。

「クソ…ッ！」

俺はシャツの袖で唇をゴシゴシと擦《こす》った。

彼の唇の感触が、舌の感触が消えなくて、何度も何度も擦った。

痛むのは、擦り過ぎた唇ではなく心の方だった。

いい人だと思っていたのに。

好きだと思っていたのに。

今の態度は優しくないどころか、好意も感じられなかった。まるで俺を蔑《さげす》んでいるようにしか思えなかった。

「チクショウ…」

悔しくて、悲しくて…。

何もかもが裏切られた気分だった。


その日、松崎さんは店を訪れなかった。

当然だろう。

あんなことをしてもし平気な顔をして現れたら、俺はポットの一つも投げ付けてしまったかも知れない。

それでも、考えはしたのだ。

あの行動に意味があったのではないか、と。

でもそれはどんな意味だ？

彼が奥井の言葉に触発されて、実は俺が好きだったたって言うならまだわかる。好きだからキスしたいというのは当然の欲求だから。

相手の意思を無視してもいいかというと話は別だが。

でも彼は唇を離した後、言ったのだ。

『最低だ』

最低、だぞ?

男とキスして最低だと思うならしなきゃいいじゃないか。

『結婚してるってのに…、どうしてこんな…』

とも言った。

そのことも微妙にショックだった。

理由はわからないけど…。

いや、それはきっと彼が嘘をついてたからだ。

彼が結婚してるとは知らなかった。けれどしていないとも言ってはいなかった。

女性客を相手にしているのだから、秘密にしてるのかも知れない。指輪はしていなかったが、水を使う仕事の人は外しているというから、そうなのかも知れない。

でも、独身を装って女性の相手をするのは、それだけで嘘をついてることになる。

結婚してるのに、奥さんがいるのに、あんなふうに女の子ににやにやしてるのは詐欺《さぎ》じゃないか。

それが腹立たしくてショックなのだ、きっと。

しかも『どうしてこんな』だって?

それはこっちのセリフだ。

何で俺が男にキスされなきゃならないんだ。

思い返せば思い返すほど、腹が立つ。

イライラして、カップを二つも割ってしまった。

「大丈夫かい? 高波くん。今日は具合でも悪いんじゃないか?」

なんて、常連さんに心配される始末。

「大丈夫です。ちょっとぼーっとしてたから」

「ぼーっとねえ、恋煩《こいわずら》いかい?」

「…何言ってるんです、坂井《さかい》さん」

怒りに口元が引きつるが、相手には気づかれなかった。

「若い男がぼーっとしてると言えば恋煩いと相場が決まってら。俺だって若い頃はそういう時があったもんよ」

「坂井さんはそうかも知れませんけど、俺は違います」

「誰かさんのことが頭っから離れねぇんじゃないのかい?」

確かに、誰かさんのことが頭から離れない。

けれどそれは怒っているからだ。

「くだらないこと言わないでください」

「はい、はい」

恋なわけがない。

恋なんかしない。

昨日なら、その言葉に少しは『そうなのかな？』なんて思ったりしたかも知れないが、今は絶対に違う。

一方的にキスされて、捨てられて、どうして恋なんかするもんか。

それだけじゃない。

彼の態度の変化にも怒っていた。

昨日まで、彼は優しかった。耳触りのいい言葉ばかりを口にした。

けれど、本性は違うのだ。

店の中で女の子と交《か》わしていた言葉を思い出してみるといい。

あの時の会話は絶対にうちの店のことだろう。それを悪《あ》し様《ざま》に言う女の子に注意するどころか、それなら自分のところへ来いと言うなんて。

やっぱり最初思っていた通りだったんだ。

松崎さんがここに来ていたのは、敵情視察のため。彼は俺と仲良くするつもりなんてなかったんだ。

そう思うと、初めて来た時のあの態度だって本当のことだったのかどうか怪しくなってくる。もしかしたら、友達に頼んだ芝居だったのかも知れない。俺の警戒を解くために、わざわざ友人に頼んで悪口を言わせ、それを彼が執《と》り成《な》す。

そしてここに来やすい状況を作っただけなのだ。

それに飲みに行った時だってそうだ。

あの時、松崎さんに誘われて、俺は喜んでホイホイついて行った。けれど提携しよう、そのために話し合おうと言っていたわりにはまともなアイデアを口にしなかった。

あれは、俺を酔い潰して嗤《わら》うつもりだったのかも。

翌日店があるとわかっているのに、もう一軒行こうと言ったのも、俺と飲みたいからじゃなくて、俺が酔わなかったから、もっと飲ませようと思ったのかも。

こうなると、もう何もかもが怪しくなってくる。

「高波くん、ポットの湯気凄《すご》いよ？」

「え？　あ、いけない」

指摘され、慌ててガスレンジにかけてあったホーロー製のポットに手を伸ばす。

「熱ッ！」

熱さに手を引っ込めると、ポットのフタが派手な音を立てて床に落ちた。

「おいおい、大丈夫かい？」

「…大丈夫です」

「火傷したんじゃないか？」

「大丈夫です」

指先はチリチリと痛んだ。でもその指の痛みより、胸の奥が灼《や》けるように痛む。

「気を付けなよ。火事でも起こしたら大変だからな」

「…はい、すみません」

これも松崎さんが悪い。

あの男が俺を騙《だま》したのが悪い。

そうだ、彼は俺を騙していたのだ。

同業者なんかじゃない、あの男はやっぱり商売敵《がたき》だったのだ。あの男は、最初から俺をそういう目でしか見ていなかったのだ。

俺はバカだ。わかっていたはずなのにコロッと騙されて。

そのことが更に、腹立たしかった。

傷ついてる、と思うことがとても、腹立たしかった。

『聞いてる？　高波』

聞き返され、俺はごまかすように咳《せ》き込んだ。

「聞いてる、聞いてる。コーヒー飲んでたから、ちょっとむせちゃっただけだよ」

受話器を耳に当て直し、ベッドに寄りかかるように座り直す。

苛立《いらだ》っていた一日が終わってアパートへ戻ると、電話が鳴った。

一瞬、松崎さんかとも思ったが、携帯電話の番号は教えていたが、彼には家の電話を教えていないのだから、そんなわけがない。

電話は、奥井からだった。

『それでさ、今度の仕事でまた健也さんと一緒になるんだよ。だからその時にもう一度言ってみようかと思って。それって、しつこくないよな？』

「言うなら、人のいないところで言えよ。変なこと言われたら困るだろうから」

『俺が？　健也さんが？』

「どっちもだ。どんなに真剣な気持ちでも、周囲の人にはわかんないんだから、くだらないことと言うヤツがいるかも知れないだろ」

『そっか、そうだね』

奥井は素直に俺の言葉を受け入れた。

「…変なこと訊くようだけど、お前その健也って人とキスしたいとか思うわけ？」

『思うよ。だから恋なんじゃん』

「そうだよな。キスするのは好きな人じゃないと嫌だよな」

喋りながら、俺は自分の唇を指でなぞった。

店にいる時にはあんなに腹を立てていたのに、奥井と電話をしている間に怒りが治まり、彼とのキスのことばかり考えていた。

あんなに擦ったのに、重なった唇の感触が消えなくて。

『俺さ、高波に感謝してるんだ』

「感謝？　まだ言ってんのか？」

『違うよ、学生時代のことじゃなくて、今日のこと。他に誰も思いつかなくて高波のところに行ったけど、絶対『気持ち悪いこと言うな』って言われると思ってんだ。でも高波はそんなこと言わなかっただろ？』

「だって、お前本気だったじゃん」

『うん。それを信じてくれたから。健也さんに鼻先で笑われた時、ああ信じてもらえなかったってショックだったんだ。嫌いって言われたなら好きになってくださいって言えるけど、言葉が届いてないならそれ以上何を言っても無駄だろう？　自分が、好きな人にとって何の価値もない人間みたいに思われてるのかと思ったら悲しくて…』

「突然だったからだよ」

『そうかな？』

「信じてもらえなかったのはそうだと思う。でもはっきり言うけど、相手の人がお前を好きになってくれるかどうかは、俺には何にも言えないぞ？」

『わかってるよ。それは健也さんが決めることだもん』

「…そうだな」

相手が何を考えてるかなんて、どれだけ近くにいてもわからないものだ。

その人が、本当に奥井の気持ちに気づいていないのか、本当は気づいてるのにジョークにしたのか。実は相手も奥井の事が好きで、突然の言葉を信じられないと思ったのか。

俺だって、あんなに何度も会って言葉を交わしたのに、松崎さんの本性に気づかなかったのだから…。

『それでさ、明日も早くに行っていいかな？』

「いいけど、どうして？」

『うん、中村が明日俺達に話があるんだって』

「中村が？」

『そう。だから二人で一緒にそっち行くよ。それで、俺、中村にも言おうかと思って』

「言うって…、男の人が好きだって？」

『うん』

中村か…。

中村ならサバサバしたところがあるから大丈夫かな？

『中村もさ、俺が一つ年上だってこと意識しないで付き合ってくれたヤツだし、今も連絡くれる大切な友達だから。言っとくけど、このこと知ってるのはまだ高波だけだからね。誰にでも言って回ってるわけじゃないよ』

「わかってる。それじゃ明日九時に」

『うん。じゃ、長くなるからもう切るね』

「ああ、じゃあまた明日」

『オヤスミ』

長い電話を切ると、もう随分と遅い時間になっていた。

「本当に健也って人が好きなんだなぁ…」

電話はずっと、その人がいかに素敵かという話だった。

人を好きという気持ちを聞くのは、嫌いじゃない。『好き』という気持ちは、自分のものじゃなくても温かいものだから。

でも今は意地悪に気持ちが湧いてきてしまう。

本当にその人は奥井が好きだと思えるほどいい人なの？　お前が気づいてないだけで、本当は嫌なところもあるんじゃないの？

信じ過ぎてると、痛い目を見るかも知れないぞ？

わかってる。

その言葉は、奥井に向けたものではなく自分に向けてのものだ。

自分が、松崎さんに裏切られたから、そのことが辛かったから、奥井に同じ思いを味わわせたくないのだ。

と同時に、彼の好きな相手も、同じように知らない一面を持っているかも知れない。誰だって、優しいだけやカッコイイだけではない。裏の一面もあるのだと思いたいのだ。

「…俺って嫌なヤツだったんだな」

素直になれない。

素直でいたかったのに、もう人が信じられない。

気が付くと、指先はまだ唇をなぞっていた。

たとえそれが嫌がらせだったとしても、その時まで自分が好きだと思っていた人が触れた場所に、名残を探すように。

「さ、もう風呂入って寝るか」

俺は…、松崎さんが好きだったのだ。

きっと、とても…。


目覚めは、よくなかった。

何か夢を見ていた気もするが、起きたら何も覚えていなかった。

疲れているわけではないのに、身体がだるい。

でも仕事には行かなくちゃならなくて、今日は朝一番に中村と奥井が来るからと濃いコーヒーで無理やり目を覚ます。

こうなったからには、松崎さんの店に負けないように、向こうの客を奪うつもりで働かなくちゃ。

駅から出て、まだ人影の少ない商店街を店へ向かう。

店は十時開店のところが多いから、まだ半分以上はシャッターが下りていた。

開いているのは、パン屋、クリーニング屋、豆腐屋、そして…松崎さんのカフェ。

意識しないようにしても、つい前を通る時、ちらっと店の中を見てしまう。

もうガラス扉を開け放した店には、おばあちゃんが一人、座ってコーヒーを飲んでいた。

年配の客は来ないって言ってたクセに。そんなことまで、嘘をつかれた気分になってムカついてしまう。

もしかしたら、年配の客を取り込むためにうちに通ってたんじゃないかと邪推《じゃすい》してしまう。うちに来ただけじゃ客は奪えないとわかっているのに。彼なら何かしてしまうかも知れないと思ってしまう…。

睨《にら》むように中を見ていると、カウンターの奥から出てきた松崎さんと目が合ってしまった。

悪いのは向こうなのに、気まずくてこちらから目を逸らす。

また変なことをされないうちに行こう。人目があるところで変なことはしないだろうが、また嘘だとわかってる優しさを示されることも、本性を現されることも嫌だったから。

背中を向け、自分の店まで行き、カギを取り出して入口のドアを開ける。

扉にかかったフダを『オープン』に引っ繰り返し、看板を出す。

中に入ると、窓に下ろしていたブラインドを開ける。

朝の陽光が一気に差し込み、店の中は明るい光に満ちた。

うん、これでいい。

「さて、まずはお湯を沸かすか」

扉に背を向け、エプロンを取るためにカウンターへ足を踏み出した瞬間、背後で扉が開く音がした。

「いらっしゃい…」

もう客が来たのか、それとも中村達か、と思って振り向く。

だがそこに立っていたのはそのどちらでもなかった。

松崎さんだ。

「…何しに来たんです」

思わず顔が強ばる。

「話がしたくてな」

「話？　何の？　謝罪ですか？」

「謝罪しなきゃならないようなことはない」

「何ですって？」

彼は店内を見回すと、俺の腕を取ってカウンターへ向かった。

「ち…、ちょっと…！」

彼が俺を連れ込んだのは、カウンターではない。カウンター横にある扉の中のスタッフルームだった。

もっともスタッフルームといっても、使うのは俺だけだから、消耗品の物置のようになっている小部屋だが。

「何するんですか」

その部屋へ押し込められ、俺は声を上げた。

「店だと誰かが入ってきてマズイだろう」

「何が」

「ハヤトとのことは聞かれたくないんだろう？」

「う…」

それを脅しの材料にしようって言うのか？

「やっぱりあいつのためなら黙るんだな」

「別に、そういうことじゃありません」

「そうだろう。だったら俺は言い触らしていいのか？　ハヤトは男が好きだって」

「松崎さん…！」

慌てて止めると、彼は眉をピクリと動かし俺を睨んだ。

いつになく真剣な顔だ。

「高波」

その真剣な顔が、グッと近づく。

昨日のことがあるので、俺は思わず身を引いた。

「な…、何ですか」

狭い部屋だから、身体を引いてもすぐにロッカーに背中が当たり、足は積んであったトイレットペーパーを蹴《け》ってしまった。

出口は一つ、松崎さんの後ろにあるドアだけだ。

「あの男にチャンスをやるなら、俺にもくれ」

低い声でそう言うと、彼は再び俺の腕を捕らえた。

「……は？」

痛みを与えるほど力の込められた指。

「あの男の背中を押すぐらいなら、俺にもチャンスはあるだろう」

何を言ってるんだ、この人は。

「男でも、結婚してても、他の男と付き合ってても、お前が好きなんだ」

「え…、ええ…っ？」

「ただ通って来るだけの客に渡したくない」

「ちょっ…、え…？　それ…」

頭が混乱してくる。

今、何て言った？

「高波」

俺が好き？

「あなた結婚してるんでしょう！」

俺は何とか身体を捻《ひね》って、近づく彼との間に自分の肘を入れた。

「俺は独身だ」

「じゃ、誰が結婚してるんです？」

「お前だろう」

怒った口調で返される。

「俺？　なんで？」

「隠さなくてもいい。お前の友達が言ってたのはちゃんと聞こえてた。奥さんがいるって」

友達…、おくさん…。

「結婚してるだけなら、身を引いた。だが他の男に真剣なら受け入れるというなら、俺だって真剣だ」

前のめりに近づいてくる顔。

確かに真剣だろう。この顔は冗談には見えない。

「遊ぶ相手なら、俺だっていいだろう」

ってことは何か？

この人はホントに俺が好きなのか？　だからキスしたのか？

でも遊ぶ？

俺が遊びで付き合うような人間だと思ってる？

「真剣なら受け入れてくれるんだろう？」

混乱している俺に、覆いかぶさるように彼が迫る。

しゃがんで逃れようとしたのに、腕を摑《つか》んで引き戻される。

唇が、また俺を求めてくる。

本当に好きなら、男同士で恋愛するのもいい。

好きな相手となら、キスだってする。

だが、こんなキスは嫌だ。

こんな気持ちでキスなんかしたくない。

彼の唇が自分のそれと重なろうとした時、俺は覚悟を決めて自分から彼に顔を近づけた。

いや、正確には頭を。

勢い込んで寄ってきた松崎さんの顔の真ん中に、俺の頭がヒットする。

「痛ッ！」

そんなに思いっきりは当てなかったが、鼻に当たっては相当痛いだろう。彼はすぐに俺を捕らえていた手を放した。

「高波」

鼻を押さえた彼が、恨みがましく俺を見る。

今度は身体ごと彼にアタックして、背後のドアから外へ飛び出した。

「高波！」

逃れた店の中には、人影があった。

「あれ、そんなとこにいたんだ」

間の抜けた中村の声。

「いないのかと思っちゃった」

更に間の抜けた奥井の声。

「何だお友達も一緒じゃないか。丁度いいから、その友達から伝えてもらったらどうだ、奥さんに秘密にしてることがあるって」

からかうような松崎さんの言葉に、奥井はキョトンとした。

「俺に秘密？」

「奥井！　お前の愛する男の名を言ってみろ！」

俺はとっさに命令するように怒鳴った。

弟体質の奥井は俺の言葉に背筋を伸ばし、大きな声で答えた。

「健也さんです」

「フルネーム！」

「久保田《くぼた》健也、モデルです」

「ええ…っ！」

何も知らない中村が隣で驚きの声を上げる。その中村にも、俺は命令した。

「中村、お前奥井のこと何て呼ぶ？」

「え？　奥井…？」

「違う、いつもの呼び方だ」

中村の視線が窺うように俺の背後を見た。さすがにこっちは冷静だ。

だが俺は構うなと目で促《うなが》した。

「…オクさん…？」

その二つの返事を得て、俺は後ろを振り向いた。

鼻を押さえたまま、スタッフルームの小さな扉を塞《ふさ》ぐように立ち尽くしている松崎さんを。

「紹介しますよ。俺の学生時代の友人『達』で、中村と奥井です。奥井はモデルをやってるので、芸名はハヤトだってのはご存じでしょうが」

「あ、カフェの店長さんだ。こんにちは」

「ばか、何挨拶《あいさつ》してんだよ」

「だって、高波が友達になったって言ってたよ」

背後では、事態の飲み込めていない中村と奥井が会話をしていた。けれど俺は視線を松崎さんから逸らさなかった。

あなたはバカじゃない。

頭のいい人だ。

今の言葉で自分の間違いに気づいたでしょう。

俺が言いたいことがわかるでしょう。

「友人の恋愛相談があるので、帰ってもらえませんか？」

いつも大人の余裕を漂わせる松崎さんが、耳まで真っ赤になってゆく。まるで何かのスイッチを入れたみたいに、見事にだ。

俺は、人の顔がこれほど急激に赤く染まるのを初めて見た。

言っては悪いが、面白いほどの変化だった。

「それ…は…」

ぼそりと零《こぼ》す言葉。

だがそれ以上彼は何も言えなかった。

鼻を押さえていた手で顔を隠し、逃げるように出て行ってしまったから。

ドアが彼の姿を飲み込んで閉まり、残ったのは奥井と中村だけだ。

「何？　今の人どうしたの？」

「…何でもない」

奥井にそう言って、俺は髪を手グシで直し、カウンターの中に入るとエプロンを着けた。

「何でもないってことはないだろう。奥井の本名を名乗らせといて。しかも惚れてる男って何なんだよ？」

中村は疑いの目を向けたが、答えることはできなかった。説明できるような内容が一つもないからだ。

その代わり、中村のもう一つの問いには答えてやった。

「奥井のヤツ、先輩モデルに惚れたんだってさ」

「高波、それ、俺が自分で言おうと思ってたのに」

「待てよ、じゃあそれってもっとヤバイことなんじゃないのか？　今の男に口止めしないでいいのか？」

「もうしてある。この間こいつが往来で『フラレた』って泣き喚いたのを聞かれてたんだ。だからその…、奥で口止めの話をしてたんだ」

「だから俺の秘密かぁ」

奥井は納得したようだが、中村の目はまだ疑っていた。

だが中村が俺に何かを言う前に、奥井が彼に話しかけたのでターゲットはズレた。

「そういうわけで、俺、中村にもちゃんと言おうと思ってたんだ。実は俺、男の人が好きになる人だったみたいで、モデルの先輩が好きなんだ」

「…健也さんか」

「知ってるの?」

中村はムスッとしたまま頷いた。

「俺は高波と違ってファッション雑誌をちゃんとチェックしてるからな。『グロイル』のモデルやってる肉体派の人だろ」

「そう。カッコイイよね」

俺は二人の会話を聞きながら、彼等のためにコーヒーを淹れ始める。

この間に、自分の気持ちを落ち着かせよう。色々考えなければならないことは山ほどあるけれど、この状況ではじっくりものを考えることはできない。

何があったのかを友人達に知られたくもなかった。

まだ自分の考えもはっきりしていないのに、他人に色々言われたくはなかった。心配してくれたり相談に乗ってくれたりするであろうことはわかっているけれど、まだそんな状態ではないのだ。

ただわかっているのは、彼が誤解していたのだということと、俺のことを好きだということだけだ。

「アチッ!」

「何やってんだ、高波」

「ゴメン、ちょっとお湯がかかっただけだ」

ほら、ちょっと『そのこと』を考えるだけでうろたえてしまう。こんな事ではまともに考えることなんてできるわけがない。

ちゃんと考えなければいけないことだ。ちゃんと考えたいことだ。

これから先、彼とどう付き合うかまで含んだ問題なのだから。

「オクさん、マジで言ってる?」

「ああ、真面目《まじめ》。ものすごく真剣。中村も応援してくれるだろ?」

「…顔はいいけど、ホントに頭は…」

中村は頭を押さえた。

「何だよ」

厳しい眼鏡《めがね》ごしの視線が向けられ、奥井が背筋を伸ばす。

「いいか、男同士の恋愛なんて、これっぽっちもメリットはないんだぞ。他人に知られれば奇異の目で見られる、からかいの対象にされる。それでも相手が応えてくれればまだいいが、相手の人に『気持ち悪い』って言われたらどうすんの?」

「鼻先で笑われたけど、気持ち悪いなんて言わなかったもん」

「『もん』じゃないだろ。…って、もう告白したの?」

「うん」

終に中村はカウンターに突っ伏した。

「あのな…。俺は聞く。でも絶対他の人には話すなよ」

「当たり前だよ。中村と高波は親友だと思うから話しただけで、他の誰にも言ってないよ。でも俺は恥じることは何にもないいんだ」

「それはオクさんだけの気持ち。人は他人の中で生きてかなきゃいけないいんだから、世間体も気にするべきなの。大体男が好きって何? どうして女じゃいけなかったの?」

中村の説教は、俺の耳に別の響きを持って届いた。

「モテるんだろ? 美人モデル入れ食いだろ?」

…松崎さんだって、モテる。店に来る客だけじゃなく、雑誌にも載ったし、学校に勤めてたなら当時の生徒さんもいただろう。

なのにどうして俺?

「女の子は可愛いと思うけど、胸がきゅって鳴らなかったんだよ」

「いいか、いい年した男は『胸がきゅっ』じゃない。股間がズキンだ」

中村、それはあまりに直接的な…。

「それもなった」

奥井…。

「だから恋なんだよ。キスもしたけりゃセックスもしたい。でなきゃ『好き』なんて相手に言わない。もちろん、そんなのは遠い先の話だけど」

したいのか？

いや、成人男子の恋はそういうものだというのは俺も納得する。でもそれじゃ、俺を襲ってきて、キスまでしてきた松崎さんは…。

「まあいい。あんまり直接的な話題は止めよう。高波が真っ赤になってる」

「別に赤くなんか…」

「お前、妙に恋愛に疎《うと》くてウブいところがあるからな」

「失礼だな」

俺は彼の誤解を利用した。

赤くなってるとしたら、彼等の会話が理由ではなかったのに。

「でもあんまり直接的な話するなら、店閉めてくるぞ。人に聞かれたら困るだろ。ほら、コーヒー」

淹れたコーヒーをカウンター越しに差し出すと、二人は同時にカップに口を付けた。

「大体からして、今日は中村が俺達に話があるんじゃなかったのか？　俺、奥井からそう聞いたけど。それに、今日平日だろ？　会社は？」

中村はムスッとした顔で「そうだ」と吐き捨てた。

「俺の予定が狂いまくりだ」

「予定って」

「俺としてはだな、こう、センセーショナルに、二人に驚きを与えるつもりだったんだ。それが高波の隠れんぼとオクさんのカミングアウトで、インパクト激減じゃないか」

「何だかわかんないけど、何か言いたいことがあるなら言えよ。奥井の話題はここまでにしよう。いいだろ？　奥井」

「俺は別に、ただ報告したかっただけだから」

中村はまた一口コーヒーを含むと、カップを持ったまま俺と奥井を順番に見つめた。

「実は、俺もお前達に報告がある」

それからカップを置き、身体をこちらに向き直らせると、コホンと小さく咳払いをした。

「俺は結婚する」

「え？」

「ええ？」

俺と奥井は同時に声を上げた。

「うむ、いい反応だ」

「結婚って、女の人とだよね？」

「当たり前だバカ」

奥井の素《す》っ頓狂《とんきょう》な問いかけを一喝する。

「ムースのレシピくれた彼女とか」

俺の言葉には大きく頷いた。

「そう。デキちゃったわりじゃなく、ちゃんと筋を通して結婚することに決まったんだ。それで、今日は有休とって、午後から式場巡りをする」

「すごい、おめでとう」

「や、本当におめでとう」

俺達の祝いの言葉を受けて、中村は満足そうに頷いた。

「それで、だ。俺としては二人に頼みがあって呼んだんだ。この不況下だから、なるべく式も安くあげたくてな。高波、式の二次会に、ここを使わせてくれないか？　料理なんかはこっちで手配するから」

「もちろん。ここでいいなら全然ＯＫだよ。中村にも、彼女にもお世話になったんだし」

「で、オクさんには貸衣装、安くなるとこ教えてもらおうかと思って」

「式は式場でやるんだろ？」

「一応ホテル」

「だったらそこで借りれば……」

「高いんだよ。だからドレスは持ち込みにしようかと思って。お色直しもしたいらしいし」

「んー……、じゃあ女の子に訊いてみる。サイズは？」

「まだ訊いてないから、後でメールする。もちろんお前等二人とも、式には出席してくれるんだろ？」

「当然だよ」

「スケジュール空けるから、日取りが決まったらすぐ教えて」

「これから彼女と会うんじゃアルコールはダメだろうけど、ジュースで乾杯する？」

「ジュース？　しまらないなぁ」

言いながらも、中村は嬉しそうだった。

俺は景気付けとばかりに、炭酸の入ったピンクレモネードをグラスに注ぎ、二人の前に置いた。

「それでは、我らが友人、中村の結婚を祝して」

自分もグラスを取って軽く掲《かか》げながら二人のそれと合わせる。

カチンと小さな音を響かせ、二人もそれぞれにグラスを合わせた。

「…ついでだから、オクさんの恋の成就《じょうじゅ》も祈っといてやる」

視線は合わせないまま、中村がポツリと言い、奥井はそんな彼に肩から擦り寄るようにぶつかっていった。

「自分の身体の大きさを考えろ、飲み物が零れるだろ」

と文句は言ったけれど、その顔は笑っていた。

「それにしても、恋愛の形と個人の趣味はさまざまなんだなって思い知ったよ。事実は小説よりも…って言うけど、現実は笑い話よりも奇なりだな」

中村の言葉に、俺は心の中で返した。

その通りだ。

現実は時に笑い話よりも笑える。

けれど現実であるだけに笑えないものなのだ、と。

乾杯の後、中村は彼女との約束の時間があるからと、そそくさと帰って行った。

奥井はまだ時間があるからと言って、ミートパイをオーダーして、腹を膨らませた。

どこから情報が流れるのか、中村がいなくなると、入れ違いにまたハヤトのファンらしい女の子達が現れる。

俺はそれを見ながら、奥井に言った。

「もう、無理して来なくてもいいよ。来たかったら来る、で。ハヤトの人気にあやかってばっかりじゃ情けないもんな」

「来ちゃいけないって意味じゃないよね？」

「ちがうよ。お前の勇気に敬意を表して、俺も勇気を出してやってみようって思っただけさ。友達が来るのは大歓迎。でも、サクラはもういらない」

俺は、甘えていたんだと思う。

仕事に関しても、人の付き合いに対しても。

自分は頑張った。そのことは否定しない。

でも、店を盛り立てるために友人を利用したり、他の店の経営者に相談に乗ってもらえそうなんて期待したりするのは、自立した経営者としては失格だ。

多少ならいいだろう。

でもそれに頼ろうとしたから、齟齬《そご》ができたのだ。

奥井は、俺にとってただの友達でいい。

来るなら来ればいいし、来ないならそれもいい。これからは彼も仕事と恋愛に精を出すのだろうし、こんなところまで足を運ぶ時間がもったいない。

彼にだって、やることがあるのだから。

松崎さんのことも、考えてみれば最初っから独りよがりだったのかも。

ただ近所にできた競合店というだけで敵対視し、ちょっと優しい言葉をかけられたらすぐに『いい人』だなんて感激して。彼が、自分に優しくしてくれると、自分のことをわかってくれる人だと勝手に決めつけていた。

だから、悔しかったのだ。

突然酷《ひど》い一面を見せられて。

それだけで、松崎さんは悪い人だとまた決めつけた。

彼は、俺のコーヒーを美味《うま》いと言ってくれた。

わざわざ毎日通ってくれた。

一緒に何かやろうと誘ってくれた。

でも自分の店に戻ると、うちを競争相手として見ていた。

ただそれだけのことだ。そこにどんな意図があったのか、俺は確かめてもいなかった。きっとこうに違いないという思いだけだった。

失礼だったのは、俺の方かも知れない。

ただし、そこまでの態度に対してだけ。

キスだの、乗り込んできて部屋に押し込めたりしたのは、絶対に向こうが悪い。そこはどんな理由があろうとも。

パイを食べ終えて帰ろうとする奥井に、俺は手土産《てみやげ》だと言ってミートパイを二つ、テイクアウトにして渡した。

「もし渡せたら、健也さんとやらに渡せ。美味いから、一緒に食べましょうって」

奥井はありがとうと笑って袋を受け取り、帰って行った。

恋愛は難しい。

好きになった人が自分を好きになってくれる確率は大きいものではないと思う。わかっていても、人は誰かを好きにならずにはいられない。

惹《ひ》かれる心は、動き出したら止められないのだ。

中村は、成就させた。

可愛い花嫁を手に入れ、あいつならきっといい家庭を作れるだろう。

奥井は前途多難だけれど、俺は知っている。奥井って男は、頭はちょっと足りないけれど、本当に自分のやりたいことと、やるべきことはわかってる男だって。

だから、大学の勉強も年下の俺に教わりながら頑張ったし、学校を辞めることなくモデルの仕事も頑張った。

では俺は？

結果がどう出ても、あいつなら、きっと納得できる結果を手にすることができるだろう。

俺の納得できる結果って何だ？

コーヒーを淹れる。

深い闇の色の液体から、芳醇《ほうじゅん》な香りが漂う。

コーヒーは苦い。

でもその苦味が美味い。

苦いのが嫌ならば、自分でミルクでも砂糖でも入れればいい。

カップを手にしたら、最後の味を決めるのは、飲む人自身だ。

俺の目の前には、今空っぽのカップがあった。

ここにコーヒーを注ぐのは俺自身、どんな味にして飲むのか決めるのも俺自身。

きっとこんな味、って決めてかかって飲んでガッカリするなら、飲みたいと思うものを全て確かめてみた方がいい。

松崎さんは、どんな人？

彼はなんであんなことをした？

何が目的で、どういう理由があった？

その全てを、俺は自分の目で、耳で確かめたい。

一日が終わり、最後の客を送り出すと、俺は看板をしまい、明かりを落とし、誰もいない店内で自分のためにコーヒーを淹れた。

ミルクを落とし、角砂糖を落とし、ゆっくりとスプーンで掻き混ぜる。

コーヒーとミルク。

黒と白とのコントラストがゆっくりと渦《うず》をなし、溶け合って乳褐色に変わる。色んな感情を内包して、新しい気持ちが生み出されるように。

甘くて苦いコーヒーを飲みながら、時間をかけて自分の気持ちを見つけだす。

俺は松崎さんをどう思ってる？

「やっぱり、ゆっくりとコーヒーを飲む時間は必要だよな」

きちんと気持ちを整理してから、俺は答えを出して、腰を上げた。

松崎さんに会うために。

彼と、話をするために。

松崎さんの店はうちより遅くまでやっているから、向こうの店が看板をしまうまで待たなくてはならなかった。

明かりを落とした店内から何度か外を覗き、開け放ったままのガラス扉が閉ざされてゆくのを見てから店を出る。

外は、もう暖かかった。

立って待っていることが苦ではない季節だ。

店が閉まってからも、暫《しばら》く中に明かりが灯ったままで、誰も出てこなかった。

だがやがて、一人、また一人と背の高い店員が裏口から姿を現し、背中を丸めて駅へ向かってゆく。

三人目が、松崎さんだった。

街灯に照らされる背の高いシルエット。

俺は立っていた場所からそのシルエットに近づき、彼の名前を呼んだ。

「松崎さん」

声に反応し、彼が振り向く。

松崎さんは俺の姿を見て驚き、すぐに肩を落としてこちらに向き直った。

「話があるんです。ちょっと来てもらえますよね？」

逃げないで、という言い方に彼は頷いた。

「いいよ。俺も言わなきゃならないことがあるからな」

頭半分自分よりも背の高い人が、背を丸め、項垂れたままついてくる。

どこかの店へ行ってもよかった。けれど、誰にも邪魔をされたくないし、話す内容が内容なので、人のいないところがよかった。

誰にも見られないというなら、閉めてしまった自分の店が一番いいだろう。

道を斜めに横切り自分の店に向かい、カギを開けて誰もいない店の中に入る。

「カギ、閉めてください」

言うと、背後でカチリという音が響いた。

明かりは小さいものを一つしか点けなかった。

まるでスポットライトのように、オレンジがかった明かりがテーブル席を照らす。その明かりに照らされた席に、俺は腰を下ろした。

「どうぞ」

彼が目の前に腰を下ろす。

「タバコ、吸います？」

「よかったら」

一旦席を立ち、灰皿を持って戻ってくると、彼はすでにタバコを咥《くわ》えていた。

「タバコって、美味しいですか？」

「美味しいというか…、今はごまかしだな」

「ごまかし？」

「タイミングを計ってる。その恥ずかしさをごまかしてる」

「タイミングを計るのが恥ずかしいんですか？」

「…恥ずかしいな」

彼はタバコを咥えたまま苦笑した。

それから座り直してこちらを見ると、タバコを手に持ち替え、テーブルに頭がつきそうなくらい、深々と頭を下げた。

「すまなかった。誤解して、酷いことをした」

「誤解って？」

わかっていながら問いかける。

だって、今度はちゃんと本人の口から全てを聞きたいから。もう誤解はしたくないから。

「高波くんが、結婚してると思った。奥さんが来ると聞いたから」

「あれは奥井という友人のことです」

「らしいな。だがあの時はそう思わなかった。ショックだった」

「どうしてです?」

「君が好きだからだ」

率直な言葉に、つい顔が赤くなる。

「君が好きだから、ここに通った。飲みにも誘ったし、プライベートでも親しくなりたいと思っていた。客に若い娘が増えるだけでも、心配だった。その中の誰かが君を好きだと言い出しやしないかと」

「…俺はあなたほどモテませんよ」

ちゃんと聞きたいとは思うけれど、聞いているのが恥ずかしくなってしまう。

「モテてるさ。可愛くて、落ち着いてて、素敵だってうちの客が話してるのをよく聞く。あのモデルのハヤト目当ての客も多いだろうが、君目当ての客もいるのさ。そういう話を聞くと、…悪いとは思うが向こうの店じゃなくこっちに来てくれと勧誘したくらいだ」

もしかして、俺が聞いた女の子との会話は、商売ではなくそういう勧誘だったのだろうか？

「君が、あの男に抱きつかれてるのを見た時、驚くより先に怒りが湧いた」

彼はふっと笑みを浮かべて視線を落とした。

「俺のものに手を出すなってな」

「俺はあなたのものじゃありません！」

「わかってる。君は微塵《みじん》も俺のものじゃない。だがその時はそう思ったんだ。だからこっそりと君達の話を聞きに行った。そこで、俺は真剣だって言うあの男の声が聞こえた。そして『わかったから、まずはそれを信じさせろ。真剣に俺のことが好きなんだなって思わせたら、違う返事をするかも知れないだろ』と返事をするのも」

「それは違う。返事をしたんじゃなくて、アドバイスというか、相談に乗ってただけです」

彼に誤解されたくない、思わずそう思って勢い込んで否定する。

「今はわかってる。だがあの時は、てっきり君があの男の告白に応えているのだと思った。真剣だったらいいのか？　だったら俺にもチャンスを、と…」

そこまで言って、彼はバリバリと頭を掻いた。

「結婚してるなら我慢した。だが他の男のものになるのは許せない。他のヤツに渡すぐらいなら、と出て行った。そして…」

また彼が頭を掻く。

「最低だったな……」

言葉を続ける代わりに、彼はタバコを咥えた。

最低、というのは俺のことじゃなかったのか。

あれは、自分のことを言っていたのか。

「『結婚してるって言うのに、どうしてこんな』って、言いましたよね？」

「……言ったな」

「あれはどういう意味です？」

彼は視線だけをこちらに向けた。

憂《う》れう横顔が、仄暗《ほのぐら》い店の中、写真のように浮かび上がる。

「……厳しいな。何もかも聞きたいのか？」

「何もかも聞きたいです」

「結婚してるってわかってるのに、どうしてこんな真似までして君とキスしたいのかって反省さ。時間をかけて、ゆっくりと近づくつもりだったのに、自分を抑えられなかったことに対する言葉だった」

「俺は、あなたが結婚してるのにどうしてこんなバカなことをしたのかって言ってるんだと思いました」

「それは違う。俺は…、男が好きなんだ、元々な」

「え？」

自嘲《じちょう》する笑み。

冗談ではないらしい。

「ついでに言うなら、君に惹かれたのはこの店に来た時じゃない。君が俺の店に来た時だ」

「え？」

「一度来ただろう、もう随分前だが。俺がここへ来る前の日だったかな？　その時に、一目惚れした。だが期待はしなかった。可愛いなと思ったが、いつかまた店に来てくれればと思っただけだった。だから、ここに来て、高波くんがここのマスターだとわかって嬉しかった。話してみて、想像通りの中身で更に惚れた」

俺は…、覚えている。

中村の陰に隠れていた俺を見て、目が合ったら笑ったのだ。だから、偵察に来たのがバレたのかとドキドキした。

彼が店に来た時も覚えてる。

オーダーを訊いた俺を見上げて、目を輝かせたのも。それだって、彼が俺の偵察に気づいたのではと心配しただけだった。

まさか、あの時に松崎さんがそんなことを思ってるなんて考えもしなかった。

「俺のコーヒーを美味いと言ったのは、口説くため?」

「コーヒーのことでお世辞は言わないよ。コーヒーは本当に美味かった。最初はもっと若いと思ってたから、こんなに若いのに一人で店をやって、美味いコーヒーを淹れられるなんて凄いなと感心したよ」

「俺は子供じゃありません」

「嬉しいことにね」

文句を言ったのに、笑われた。

「ここへ通っていたのは、君に説明した理由、つまりタバコを吸うためと、君のコーヒーを飲むためが半分。親しくなって、何とか恋の糸口を見つけようとしていたのが半分だ。さあ、他に訊きたいことはあるか?　…これじゃ裁判だ」

「裁判じゃありません。あと一つ訊きたいことがあります」

「何だい?　何だって答えるぞ」

「俺に、キスしたいほど好き?」

「好きだと言ったろう」

「俺は中村だって奥井だって好きですよ」

「そういうのじゃない」

「だから、『そういうのじゃないのか』と訊いてるんです」

彼は短くなったタバコを灰皿でねじ消した。

白い煙と共に強いタバコの匂いが漂う。

松崎さんは身を乗り出してテーブルに肘をついた。

「君にキスしたいほど好きだよ」

真っすぐな視線。

「君を抱きたいほど好きだ。これで満足？」

挑むような、強い目だった。

これが、彼の本当の顔なのかも知れない。いつもにこにこしている顔ではなくて。

「ええ、満足しました」

「よかった。それで俺はもう帰ってもいいのかな？」

「帰るんですか？」

「帰っちゃいけないのかい？」

「俺が何のためにこんなに根掘り葉掘り訊いたと思ってるんです？」

「わからないな。俺の悪い素行を謝罪させるつもりなんだと思ったが？」

「違いますよ」

「じゃ何だ？」

「俺のことが好きなら、ちゃんと告白して欲しいと言いたかったからです」

「告白？」

彼は驚いたように身体を起こした。

「俺はあなたからまだ『付き合ってください』と聞いてません。俺と一緒に仕事をしようとは言われましたし、飲もうとも言われましたけど」

「今更？　ちゃんとふって安心したいのか？」

「したくないならしなくてもいいです。無理に『好き』と言って欲しいわけじゃない」

彼は考えるように深く息を吸い、長く吐いた。

「わかったよ。これは儀式なわけだ、ものごとを終わりにする。俺がキッチリふられて、それでこの話は二度とするなってことだな？」

答えずにいると、彼は髪を撫でつけ、居住まいを正した。

「高波くん。俺は君に惚れた。醜い嫉妬《しっと》もするくらい好きだ。どうか恋愛を前提に俺と付き合ってくれ」

「いいですよ」

「ＯＫ、これで終わり…。何だって？」

立ち上がりかけた松崎さんが目を見開いて乗り出してくる。

「今何て言った？」

「『いいですよ』と言ったんです」

「本当に？　俺と付き合ってくれるのか？」

俺は、考えた。

彼が顔を真っ赤にして逃げ帰ってからずっと、考えていた。

俺は、彼が好きなのか嫌いなのか。彼の気持ちを受け取るのか無視するのか。

色んな感情があった。

好き、嫌い、商売敵、同業者、憧れたり、先輩だと思ったり、裏切られたと思ったり。状況に流され、勝手に想像し、解釈して、振り回された。

でも物事だけを端的に考えた時、俺は知りたくなった。松崎さんは、本当は俺をどう思ってるのかってことが。

親しくなれて、嬉しかった。認められて嬉しかった。一緒にいるのは楽しかったし、彼を見ているのは好きだった。女の子と仲良くしてる姿はちょっと妬《や》けた。

だから訊いた。

俺のことをどう思ってるの？　今までのことはどういう意味？

そしてその全てを聞いて、俺の出した答えがこれだ。

「俺も、松崎さんのこと、好きだから付き合ってもいいです。でも…」

「でもはナシだ」

彼は立ち上がり、まだ座ったままの俺にキスした。

「…松崎さん！　まだ付き合うって言っただけでキスしていいなんて…」

テーブルを回って、大きな身体がこちら側に来る。

俺を奥へ追い詰めるようにして隣に座る。

「我慢できるわけないだろう。高波くんが悪い」

手が肩を摑むから逃げられなくなる。

「俺？」

「全てを諦めた後に救いの手を伸ばすなんて、狡猾《こうかつ》すぎる」

「狡猾って何ですか、俺はちゃんと話を聞いて…」

話をしてる途中なのに、唇はまた重なった。

今度は深く。

「…ん」

壁際のテーブル席、追い詰められては逃げ場などない。キスが激しい分、壁に押し付けられ、どんどん身動きが取れなくなってしまう。

抵抗しようとした手も、手首を取られて強く握られればそれで終わりだ。

「俺の忍耐力は今日までの間に全部使い果たした」

「この間だって我慢しないでキスしたでしょう！」

「あの時は我慢を止めただけだ。今は我慢ができないんだ」

「松崎さん…！」

前にキスされた時は突然で身構えることもできなかった。

今朝物置に連れ込まれた時は、取り敢えず肘でブロックして逃れることができた。

でも今は…。

「好きだ」

彼に蹴りを入れて逃げることもできるし、テーブルの上にある砂糖ツボや灰皿を投げ付けて逃げ出すこともできるのに、それができなかった。

「お前が好きなんだ」

だって、その言葉に力が抜けるから。

彼が本気で俺を求めてくれてるのがわかるから。

自分自身、そう言ってくれる松崎さんが好きだったから…。


奥井が先輩モデルの男性を好きだと言った時、本当に驚いた。

自分の頭の中に、同性を好きになるという考えがなかったので。

恋愛は女の子とするものだと思っていた。

男性を好きになっても、それは憧れとか、尊敬とか、そういうものでしかないだろうと思っていた。

でも、奥井の真剣な顔に、そういうこともあるのかも知れないと思った。

相手の性別が何であっても、『好き』と思ってしまったからそれは恋なのだ。

自分がそうだと自覚してしまったらそれが事実なのだと。

中村が奥井に忠告した言葉を耳にした時にも、そのことを強く意識した。

いい歳した男が『好き』だというからには、手を繋《つな》いでデートして終わりなわけがない。

『好き』という言葉の中には、様々な現実が詰まっているものだ。

キスもする。

抱き合いもする。

その先もずっと、気持ちも行為も続く。

それがわかっていて『恋』と言えるのか？

俺は考えていた。

松崎さんにキスされた時、悔しいと思った。

俺の気持ちを無視して、好きでもないのに嫌がらせや冗談みたいにされたキスに、怒っていた。

でも、気持ち悪いとか、嫌だという気持ちはなかった。

飲みに行った時、彼に軽く抱き締められた時や、手を取って『ファンだ』と言ってくれたことに胸がときめいた。

一つ一つバラバラに考えると、自分の気持ちは明白だ。

俺は松崎さんと恋をしてもいいと思っている。恋の意味をちゃんと理解しながら。

だから、最後の一歩を踏み出すために、彼の真実の気持ちを確かめた。

松崎さんは全て正直に言ってくれて、俺を求めてくれた。

だとしたら、俺が彼を拒めるわけなどないのだ。

暗い店。

テーブル席だけを照らすオレンジのスポット。

何度もキスされてるうちに、ここが自分の仕事場だとか、男とこういうことをするのが初めてだとか、ドア一枚向こうにはまだ人が通る時間だということも何もかもがどうでもよくなってしまう。

目の前にある顔には、蔑みも、からかいもない。

怖いほど真剣で、俺だけしか見ていない。

それが嬉しい。

だがそんな陶酔《とうすい》も、彼の指が服にかかるまでのことだった。

「や…」

押し倒され、二つ並んだ椅子《いす》の上、仰向けに横たわる俺のシャツのボタンが外される。

「待って…」

「待てない」

「いきなり過ぎるでしょう」

「俺にとっては長かった」

「でも…」

今日の格好は、薄手のワイシャツにロングカーディガンを羽織っただけだった。

ボタンを外されれば、もうその下は何も隠すことのできない裸だ。

「…松崎さん」

困惑を声に乗せて名前を呼んだが、彼の手は止まらなかった。

ボタンはあっと言う間に全て外され、大きな手が胸に触れる。

「う…」

熱い手のひらが、優しく撫でるように皮膚の上を滑《すべ》る。

「やっぱり待って…!」

「ダメだ」

制止を言下《げんか》に却下され、胸元に埋まる顔。

唇の感触が首筋を滑る。

覚悟が決まらない。

恥ずかしくて、身体が熱くなる。

けれど俺は知っている。

身体の求めるものが何であるかを、もうとっくに知っていた。

だから流されてしまう。

「あ…」

中村は俺をウブだと言うけれど、俺だってもう立派な男だ。

下世話な話題は好きではないが、『そういうこと』をしたくないわけではない。ましてや、自分の好きな相手に触れられていれば熱の一つも上がってくる。

俺より年上の松崎さんは、多分俺なんかよりずっとこういう経験があるのだろう。

触られることは初めてだから比べるものはないのだが、指の動きに翻弄《ほんろう》されるのだから、きっと上手いのだ。

「は…ぁ…」

吐息に熱がこもり、浅くなってゆく。

暗がりに慣れた視界の中で、彼が舌なめずりするのが見えた。

それはただ乾いた唇を濡らしただけかも知れない。

でも酷く獣じみていて、色っぽいと思ってしまった。

「もう…、ここまでに…」

「できるわけがないだろ」

「だって…、ここは俺の店なんですよ？　それに背中が…」

「テーブルの上に乗るか？」

「松崎さん…っ！」

「ゴメン、本気で言ってる。今手を伸ばさないと逃しそうで怖いんだ」

どうしてだか、この時俺は、彼がポケットから取り出して与えてくれたチョコレートのことを思い出した。

セロファンに包まれた飾り気のないプレゼント。

男同士だから、別にリボンなんかかかってなくてもいい。ただ好きだというから持ってきたという感じの贈り物。

それでも俺は嬉しかった。

俺が、女の子だったら怒っていたかも知れない。

ホテルに行きたいとか、ムードが欲しいとか、文句はいっぱい言ったかも知れない。

でも欲しいから我慢しないというのは、男同士なら許してしまうことなのかも…。

彼の手が、ズボンに伸びた時、俺はもう何も言わなかった。

喘《あえ》ぎ声は漏《も》らしたが、『止めて』とは言わなかった。

「あ…」

暗闇に響くファスナーの下ろされる音。

「う」

長い指が巻き付いて動き出す。

彼の身体に手を伸ばし、シャツにしがみつく。

高そうなデザイン物のニットシャツは、掴むとグッと伸びた。

でも彼は文句も言わなかった。気にもしていない様子だった。

触られながらキスされて、また触られる。

俺は、並んだ椅子をベッド代わりに横たわっていたが、足は落ちていた。

松崎さんの大きな身体がその上に乗るはずもなく、多分床に膝をついているはずだ。それでも彼はここでするつもりなのだ。

キスした唇が首筋から胸に落ちる。

キスのはずだったのに、それが舌に取って代わられる。

我慢できないって言ったクセに、彼がしていることは自分の欲望を充足させるというより、俺に快感を与えるためだけの行為のように思えた。

冷静な頭なんて、もうどこにもないけど、気づいてしまう。

さっきの『怖いんだ』という一言の意味にも。

松崎さんは、俺のことをホントに好きでいてくれるんだ。だから、俺を優先させてくれるんだ。でもまだ、俺が彼に応えると言った言葉を信じられないんだ。

年上で、憧れちゃうほどカッコいい人なのに、ふっと可愛いと思ってしまう。

「松崎さ…ん」

静かにその名を呼ぶ。

「何だ？」

指が止まる。

俺は彼のシャツに摑まっていた手を放し、顔の上で腕を交差させて顔を隠した。

「優しく…、してください」

恥ずかしかったから。

「…俺、経験浅いんで…」

その一言を言うのが。

「…高波」

覚悟しよう。

俺は決断の人じゃないか。

この店を譲《ゆず》り受けたいと言い出した時も、直感で決めた。

欲しいものを欲しいと言わないと、失うことだってある。動き出せばきっと何とかなる。そう思って今日まで来たのだから、恋愛だってそれでいい。

「君に…、そんなことを言わせてすまないと思う。時間をおいて、もっとちゃんとした場所で、ちゃんとしてやりたい気持ちもある。だが…」

再び指は動きだし、俺は身悶《みもだ》えた。

「あ…」

「後で何度でも謝るよ」

ズボンが引き下ろされ、彼の顔が俺の視界から消えてゆく。

「ひっ…っ」

濡れた感触が一番敏感な場所を包む。

腰が疼《うず》いて、心もとなくて、俺はまた彼を求めて手を伸ばした。

指先がシャツにたどり着き、しっかりとそこを握る。握ったつもりだった。けれど指に力が入らない。

胸の上、彼の指が彷徨《さまよ》う。

突起に触れてそこで止まる。

乳首の先だけ弄《いじ》られて、もどかしいような快感が広がる。

それに合わせて咥えられた下も疼いていた。

「う…」

奥歯を噛み締めて、その疼きに必死に耐えた。そうしていないと、すぐにでも達してしまいそうだったから。

けれど我慢すれば我慢するほど、感覚が鋭敏になってゆく。

波のように、何度も甘い痺《しび》れが駆け抜けてゆく。

「や…っ」

ズボンは更に下ろされ、片方の脚が引き抜かれた。自由になった脚は大きく開かれ、彼の身体がそこに入り込む。

胸を弄っていた指は下肢《かし》に移動し、腰骨を撫で、内股を撫でた。

「う…」

聞こえてくるのは自分の声ばかり。

動いているのは彼ばかり。

「高波…」

口が離れ、ほっとしたのもつかの間、彼の指が脚の間に差し込まれる。

緊張して、脚に力が入ったが、そのまま彼に指は奥を目指した。

「…っ！」

指先。

「や…、変…っ」

蠢いて、中に入り込む指。

それ自体が生き物のようにゆっくりと深く入り、また出てゆく。

松崎さんの顔が再び俺の視界に戻ってきた。

「好きになってくれて…、ありがとう…」

掠《かす》れた声。

「大切にする。酷くするのは今だけだ」

俯《うつむ》いて覗き込んでくるから、前髪がはなりと落ちる。それが彼の表情を苦悩に満ちたもののように見せた。

だが男だからわかってる。我慢できない彼の我慢の表情なのだと。

何か言ってあげたかった。

気にしなくてもいい、自分で受け入れると決めたのだから。あなたが俺を好きだってよくわかってるから。

怖いから、本当はまだ戸惑ってるけれど、それはわかってくれるでしょう?

…でも俺は何も言えなかった。

抜き差しされる指に翻弄されて、もう言葉なんて口にできなかった。

彼の指の動きに合わせて、浅く、早く繰り返される呼吸。

その間に零れる喘ぎ声。

汗ばんでくる肌。

彼の肩がテーブルに当たって、ガタンと音がする。きっと砂糖ツボの倒れた音だ。

「や…」

でも止まらない。

「あ…」

「高波」

…指が。

「首に掴まれ」

引き抜かれる。

「ん…」

手が俺の腕を引き上げて首に巻き付かせる。

力が入らないから、しっかりとしがみつくと、指が当たっていた場所に彼が当たる。

次の瞬間、彼は身体を進めた。

「……あ！」

誰もいない店に響く俺の短い悲鳴。

「まつざ…」

彼の手が俺の身体の下に差し込まれ、抱き上げられる。

向かい合って抱き合うような、中途半端に抱き起こされたような、不安定な状態で彼に縫《ぬ》い止められる。

「い…ッ！」

熱い。

繋がる場所が灼けるように熱い。

「は…、や…っ、あ…」

力強く抱き締められ、世界が揺らされる。

しがみついてしまったから、俺の目に映るのは肩越しの店内だった。

でも身体中で、彼を感じていた。

「あ…」

揺らされて、貫かれて、声が止まらない。

「まつざ…ん…、や…ぁ…っ」

熱に浮かされたように、まともな思考などできなかった。

彼が前に触れて擦り上げると、彼の服を汚してしまうのじゃないかと思ってまた耐えた。

でもそんな努力はすぐに消し飛んでしまった。

彼が俺を抱き締めたまま椅子に倒れ、何度か腰を動かしただけで。

髪を撫でながら深い口づけをくれただけで。

全てが終わりだった。

「あぁ…っ」

何もかもチカチカと瞬く光の中に消えていった。

「あ…」

震えがくるような快感と共に。

「高波…」

彼の声と共に…。


キスは何度もされた。

まるでそれに何かの力があるみたいに。

キスは、ずっとタバコの匂いがしていた。

力無く倒れ込んだままの俺の身体を、勝手知ったる何とやらで店の奥から持ってきたタオルで拭《ぬぐ》うと、そっと服を直してくれた。

薄目を開けて見ると、彼の黒いシャツには俺が汚した染みがついていた。

謝らなきゃと思うのだけれど、喘ぎ過ぎたせいか声が上手く出てこない。

目の前で、彼はそのシャツを脱ぎ、素肌の上にジャケットだけを羽織った。

引き締まった胸の筋肉が襟元《えりもと》から覗くのが、セクシーだなぁなどと呑気《のんき》に思ってる自分に笑いが零れる。

「俺の家のが近い。そこまで歩けるか?」

「…ん」

答えはしたけれど、まだ何かが脚の間に残ってるみたいで、力は入らなかった。

それに、ちょっと歩くだけでも痛みが走る。

松崎さんは俺に手を貸して立たせると、肩を貸してくれた。

「この時間だ。酔っ払いだと思ってくれるさ。寄りかかれ」

「掃除…、しないと…」

「俺が後でまた来て綺麗《きれい》にしてやる。…俺のしたことだから」

その言葉に甘えて、俺は朦朧《もうろう》としたまま彼にされるがままになった。

暗い街の中、どこをどう歩いたのかよく覚えていないまま彼のマンションへ連れて行かれ、部屋の様子を確かめることもなくベッドに横にされた。

眠りたくはなかったけれど、眠くて、目を閉じる。

手だけ出して、彼を求めると、すぐに手が握り返された。

ああ、本当にこの人と恋人になったんだなぁ。

激しく求められることも幸福だったけれど、こうして何もしないでも傍《かたわ》らに寄《よ》り添《そ》ってくれることも幸福だと思えた。

これからのことをちゃんと話さなくちゃ。

仕事のことも、自分達のことも。

けれど目を閉じてると、それだけでだんだんと眠りに摑まってしまう。寝汚い方じゃなかったはずなのに。

「店をかたしてくる」

手が離れることを引き留める力もなかった。

「お前は寝てろ」

と彼が出て行く気配を感じると、そのまま本当に眠ってしまった。

目が覚めたら、どんな顔をすればいいんだろうかということだけを不安に感じて。


「片方だけに客が集中しないようにってのが大切だろう」

白い紙の上でペンが動く。

「だから、両方の店に行った人間に対する特典がいいと思うんだ」

営業を始める前の店。

カウンターに二人並んで話し合う。

「ここもレシートは打ってるだろう?」

「そりゃもちろん」

「スタンプカードも考えたが、うちはそういうものをいちいち押してられない。昼飯時にはテイクアウトの客が並ぶことがあるからな。そこで考えたのがレシートの提示だ」

「でもお客さん、レシートとっといてくれるかな?」

松崎さんの言葉に反論すると、彼は笑った。

「今は何の特典もないから捨ててるかも知れないが、それで何か得するとなればちゃんととっとくだろ」

「あ、そう」

「そこで特典の方だが、三つほど考えてみた」

そう言って彼は紙をめくり、ペンの先でそこに書いてあることを示した。

菓子、金券、景品。

「お菓子、タダにするの？」

「いや、それ専用に焼く」

「自分で作るんですか？　それ、プレッシャーだな。俺、コーヒーは淹れるけど製菓は勉強してないんです」

「安心しろ。作るんならうちがやる。こっちは立派なオーブンもあるしな」

「松崎さんが作るんですか？　……オールマイティだなあ」

「そんなに凝ったものじゃない。クッキーとかその程度だな。で、金券は特定の商品にするものにしたい。原価が高いものに使われると困る」

「だとしてもいくらぐらいにするつもりですか？　うちはどれにしてもキツイな」

「金券にすると決めたわけじゃないさ。これはあくまで草案だ。で、景品なんだが、友人から、外国産のハーブティーを貰ってくれないかって言われてるんで、それでもいいかと」

「それ、俺も貰っていいんですか？」

「当たり前だ。他に何かいいアイデアがあれば聞きたいな」

「そうですね…」

恋人になったとしても、俺が彼の店に移ったり、彼が俺の店を手伝ったりってことはない。

お互い自分の店を大切にしているから、それぞれに頑張ろうということだ。

でもせっかく提携したサービスを、という話が出たのだから、それはそれで一緒にやろうということになったのだ。

あの日、俺は店を片付けてくれた松崎さんが戻ったことも気づかずにぐっすり眠った。

翌日は起き上がることもできなくて、店は臨時休業。

松崎さんも店を休んで俺の側についていてくれた。

そこで一日かけて、『これからのこと』を話し合った。

自分達は、己の夢を抱いて店を持った。恋は大切だけれど、そこは譲れない。だから別々で行こう。

そして恋は…。

はっきりと、仕切り直しを要求した。

俺としては男と寝るのは生まれて初めてで、愛しさと勢いで応えはしたけれど、やってみたら体力的に問題もあった。

嫌だとは言わない。

でも俺のペースも考えて欲しいと。

松崎さんは大いに反省し、謝罪し、ステップを踏むことを約束してくれた。ただ、ブレーキがきかない時があることは覚悟してくれと言われたけれど…。

それから、奥井と中村のことについても、もう一度詳しく説明させられた。

奥井が好きなのは別人で、中村は今度結婚する。決して松崎さんがヤキモチ焼くような相手ではないと。

学生時代からの友人だからこれからも付き合うけれど、恋愛する相手は松崎さんだけ。他にライバルはいない。

何だったら、そのうちみんなで一緒に飲みに行ってもいい。そうしたら、紹介するよ、と。

むしろ俺としては、彼が彼の店に訪れる女性客と親しくすることに対して文句を言いたかったが、そこはぐっと堪えた。

客商売でそれを気にすると、互いにキリがないから。

ちなみに、奥井の恋愛は現在も鋭意努力中だ。

彼は以前と同じように、タバコを吸いに店にくる。

俺の目の前でコーヒーを飲む。

俺は俺で時々帰りに彼の店に立ち寄り、待ち合わせて飲みに行ったり、食事をしたりする。

朝も、彼の時間が空けばこうしてまだ開ける前の俺の店で二人きりの時間を過ごす。

ある意味貸し切り状態なので、他人の目を気にすることなく顔を寄せ合って話もできる。

「ある程度レシート貯めたら、特別メニューっていうのはどうです？」

「うちは構わないが、高波のところは大変だろう」

付き合いを始めて一番変わったのは、今までは『高波くん』と呼んでいた彼が俺を呼び捨てにするようになったことかも知れない。

「できれば高波の負担にならない方法がいいな。でないと長続きしない」

呼び捨てにされる度に、嬉しくてちょっと耳の後ろがむずむずするのは内緒だ。

「サービスを提供するためのレシートの額を大きくすれば負担があっても何とかできるかと」

「あまり額を引き上げると、客が参加しないだろう」

「そうか…。それじゃ…」

言いかけた時、店の入り口がガタガタと揺らされる音がした。

「あれ、まだやってないのか？」

扉の外から客の声がする。

時計を見ると、もう九時を回っていた。

「いけない、もう開けないと」

俺は慌てて椅子から下りて、カギを開けるために戸口へ向かった。

「高波」

だがその腕を取られて、一旦引き戻される。

「何です？」

振り向いた俺の前に、椅子から下りた彼が立った。

「俺もこれで戻るから。その前に」

屈み込んで顔だけを寄せてする軽いキス。

すぐに離れた彼の顔には、イタズラっぽい笑みが浮かんでいた。

「したい時にキスできる特権をもらったのなら行使しないとな」

「…松崎さんが情熱家だって、肝《きも》に銘《めい》じておきます」

「そう？」

「でも俺は実は武闘派なんです」

俺は顔が熱くなるのを堪えて、お返しに肘鉄を食らわせた。

「…ツッ」

初めての、俺からのキスをオマケに付けて。

あとがき

皆様、初めまして。もしくはお久し振りです。火崎勇です。

この度は「コーヒーに映る恋」をお手に取っていただき、ありがとうございます。

そして、イラストの街子マドカ様、素敵なイラストをありがとうございました。


さて、今回のお話、いかがでしたでしょうか？

喫茶店対カフェ…。

どっちも好きですが、最近喫茶店が減ってしまったのは寂しいと思いませんか？　あの、ゆっくりと時間が過ぎてゆく感じ。カフェの明るさと比べると、どこか影がある感じもいいではないですか。

どっちもコーヒーを飲む場所であることに変わりはないし、どちらも行くのですが、やっぱり喫茶店が好きなのです。

皆様はどっち派ですか？


というわけで、松崎と高波。

ここからはネタバレもありますので、お嫌な方はどうぞ後まわしにしてくださいませ。

松崎は、作中でも言ってますが、高波に一目惚れです。

初めて高波が店に来た時、中村の後ろに立っている高波を見て、何てストライクな子がいるんだろう、と思って思わず驚いてしまったのです。

そしてすぐにアプローチ込みで微笑みかけた。

再び喫茶店に来た時は、心の中で『ここにいるってわかったからには、通うぞ』と心に決めたのです。

そう、実は松崎は誠実で爽やかな青年ではないのです。それなりに遊んできた男なのです。

なのに、高波に一目惚れしてしまった。

いつ口説こうか、いつ口説こうかと考えながら、美味しいコーヒーと店の居心地のよさに安心していた。見てる限り高波に迫ってる女もいないようだし、彼の恋人の影も感じることもないし。ま、じっくりやればいいだろう、と。

ところが、ハヤトが現れてちょっとそのゆとりが削り取られたわけです。しかも、彼は同族の常として、何となくハヤトがこっち側の人間じゃないかと察してしまったので、余計マズイと思ってしまったのです。

そこで高波を飲みに誘ったり、対抗してチョコあげたり、努力を始めた。

なのにそんな小競り合いを飛び越して、結婚してると誤解し、一気に臨界点へ。

更に、更に、ハヤトと抱き合ってた上、応援なんかするもんだから、もうプッツンきてしまったんですね。

結婚してるのに、本気で好きだって言う人間は相手をしてやってもいいって言うんなら、相手が本気なら遊んでくれると言うのなら、その権利は俺にもあるはずだ、と。

ま、結果はああいうことになってしまったわけですが…。

だから、松崎は高波にこれからずっと頭が上がらないと思います。

恋愛は惚れた方が負けなので、松崎が負けなのです。

さて、そんな上下関係さっぱりしてしまった二人ですが、これからどうなるでしょうか？

まず暫くは安泰でしょう。二人とも仕事があるし、一応相思相愛だし。

でも、今度は本当に松崎のライバルが現れたら？

喫茶店に、突然前のマスターの甥っ子か何かがやってくる。本当は自分がこの店が欲しかったのに、ずるい。だから暫く自分を雇ってくれ、そしてもし気が合えば、共同経営しないか、と申し出る。

高波としては、マスターには恩があるので断りきれない。

で、松崎がやって来ると、我が物顔で店にいる男に嫉妬心。高波に事情を聞いても、納得できず、追い出せと言う。

もしあいつが高波を好きになったらどうするんだ、と。

高波は松崎が考えてるようなことはないと突っぱねるけど、実はそんなことがあったりして。

俺達気が合うから、いっそ二人で共同経営しよう、恋人になろう、と。

もちろん、松崎は怒りますが、それより先に高波の方が怒って一発食らわす。

そう、高波は実は山椒で小粒でピリリと辛い人だから。

仕事と恋愛を一緒にするな、と見事に右ストレート。

松崎は、言った通りだったたろ、と今度はいい目が見られるかも。

では、松崎に昔の男とかが訪ねて来て、高波が妬く場合は？

これが意外と強気に出れないかも。本来だったら、昔はどうかわかんないけど、今は俺の恋人だろ、ぐらい言える性格なのに。やっぱり惚れてしまった者は弱くなるのです。

でもここは松崎が「いい加減にしろ、俺の気持ちは決まってる。今は高波一人だ」ぐらい言ってくれるでしょう。

それでは、そろそろ時間となりました。またお会いできる日を楽しみに…。

初出一覧

コーヒーに映る恋　/書き下ろし

B♥PRINCE
http://b-prince.com

B-PRINCE文庫をお買い上げいただきありがとうございます。
先生へのファンレターはこちらにお送りください。

〒102-8584
東京都千代田区富士見1-8-19
(株)アスキー・メディアワークス
B-PRINCE文庫　編集部

コーヒーに映《うつ》る恋《こい》

発行　2012年6月7日　初版発行

著者｜火崎 勇
©2012 Yuu Hizaki

発行者｜高野 潔

発行所｜株式会社アスキー・メディアワークス
〒102-8584　東京都千代田区富士見1-8-19
☎03-5216-8377（編集）

発売元｜株式会社角川グループパブリッシング
〒102-8177　東京都千代田区富士見2-13-3
☎03-3238-8605（営業）

印刷｜株式会社暁印刷

製本｜株式会社ビルディング・ブックセンター

小社ホームページ　http://asciimw.jp/

Printed in Japan
ISBN978-4-04-886577-7 C0193

B-PRINCE文庫

好評発売中!!

◆◆◆◆ B-PRINCE文庫 ◆◆◆◆

熱砂の皇子

著◆秋山みち花
イラスト◆桜井りょう

「身も心も支配される砂漠の夜!」

砂漠の地質調査を行うためにやってきた櫻は、皇子リドワーンに調査の交換条件として身体を要求され…。

大谷教授の二度目の恋

著◆初津 輪
イラスト◆三尾じゅん太

「不器用な男が恋した相手は年下の男の子♥」

妻に先立たれ数年。大学教授の大谷は、世話を焼いてくれるゼミ生の小早川に恋心を抱くようになり…。

◆◆◆ 好評発売中!! ◆◆◆